호
랑
이

사
냥

일러두기

1. 본문의 괄호는 원저자의 보충 설명이며, 각주는 모두 옮긴이 주다.
2. 신문과 잡지 제목은 《 》로, 음악과 미술 작품 제목은 〈 〉로, 단행본과 장편 제목은
「」로, 시와 단편 제목은 「」로 묶었다.

호랑이 사냥

虎狩

나카지마 아쓰시 단편선

안민희 옮김

북노마드

차례

호랑이 사냥

1934

虎狩

1.

호랑이 사냥 이야기를 할까 한다. 그렇다고 타라스콩의 영웅 타르타랭°의 사자 사냥 같은 장난스러운 이야기는 아니다. 말 그대로 호랑이 사냥이다. 배경은 조선이며, 심지어 경성에서 20리밖에 떨어지지 않은 산속이라고 하면, 요즘 시대에 게다가 그런 곳에 호랑이가 왜 나오느냐며 코웃음 치는 사람도 있을 것이다. 하지만 20년 전까지는 경성이라 해도 동소문 바깥에 있는 히라야마平山 목장°에서 소나 말이 오밤중에 습격당하는 일이 벌어지곤 했다. 호랑이가 아니고 늑대 짓이기는 했지만, 아무튼 밤길에 교외를 혼자 걸어 다니기 위험하던 시절이었다. 이런 이야기도 있었다. 어느 밤, 동소문 바깥 주

○   알퐁스 도데의 『타르타랭의 모험』.
○   일제강점기에 지어진 목장. 현재 서울시 성북구 동소문동 '돈암장' 자리에 위치했다.

재소°에서 순사가 혼자 책상에 앉아 있었는데 갑자기 무시무시한 소리를 내며 뭔가가 으드득으드득 입구의 유리문을 긁어댔다. 깜짝 놀라 봤더니 무려 호랑이였다는 것이다. 심지어 호랑이 두 마리가 뒷발로 일어서서 앞발 발톱으로 계속해서 문을 긁어댔다. 순사는 창백해진 낯빛으로 재빨리 방에 있던 나무 방망이를 빗장 대신 문에 걸어두고 의자와 탁자를 있는 대로 문 앞에 쌓아 입구 버팀목으로 삼은 뒤, 허리춤의 칼을 꺼내 들고 자세를 취한 뒤 살아 있어도 살아 있는 것 같지 않은 기분으로 벌벌 떨었다고 한다. 호랑이들은 한 시간가량 순사의 간담을 서늘하게 하더니 포기한 듯 어딘가로 가버렸단다. 이 이야기를 《경성일보》에서 읽었을 때 너무너무 신기했다. 평소에는 그렇게나 위압적인 순사가 ─ 그 시절의 조선은 순사가 위압적이던 시대였다 ─ 허둥지둥하면서 의자며 탁자며 오만 가지 잡동사니를 대청소라도 하는 사람처럼 가져다가 문 앞에 쌓아두었을 것을 생각하면, 당시 소년이었던 내게는

○ 일제강점기의 파출소.

웃음을 참을 수 없는 사건이었다. 게다가 뒷발로 서서 문을 박박 긁으며 순사를 위협한 두 마리의 호랑이가 실재한다는 것이 도저히 믿기지 않았기에 위기에 처했던 순사처럼 칼을 허리에 차고 장화를 신고 꼿꼿이 자란 팔자 콧수염을 만지작거리며 "거기 서라!" 이런 소리나 하는 유치한 동화 나라에나 살 법한 호랑이일 것 같다는 생각이 들었던 것이다.

2.

호랑이 사냥 이야기를 하기 전에 어떤 친구 이야기를 해야 한다. 친구의 이름은 조대환이었다. 이름을 보면 알겠지만 조선인°이었다. 다들 그의 어머니는 일본인이라고 했다. 그 이야기를 조대환에게 직접 들은 것 같기도 하고, 아니면 혼자만의 착각인지도 모르겠다. 그렇게나 친하게 지냈으면서도 나는 한 번도 그의 어머니를 본 적이 없었다. 아무

○   원문에는 반도인半島人, 일본인은 내지인內地人으로 되어 있음.

튼 그는 일본어를 굉장히 잘했다. 소설도 많이 읽어서 식민지 시절 일본 소년들이 들어본 적도 없었던 도쿄 사투리까지 알 정도였다. 그래서 한눈에 그가 조선인이란 걸 알아보는 사람은 없었다. 조대환과 나는 초등학교 5학년 때부터 친구였다. 5학년 2학기 때 나는 일본에서 경성의 용산에 있는 초등학교로 전학을 갔다. 아버지 일터를 옮겨서, 아니면 다른 사정으로 어릴 적 자주 전학을 다닌 사람은 알 것이다. 전학 후 한동안 얼마나 힘든지. 다른 습관과 다른 규칙, 다른 발음, 다른 수업 방식은 물론이고 이유도 없이 전학생을 괴롭히는 심술궂은 눈동자들. 뭐 하나를 할 때마다 다들 웃으면 어떡하지 불안하고 위축되는 기분이 나를 몰아세웠다. 용산의 초등학교로 전학을 가서 이삼일 지난 어느 날이었다. 읽기 시간에 '고지마 다카노리児島高徳'°가 벚나무에 새겼다는 시를 읽었는데 모두가 와하하 웃음을 터트렸다. 나는 벌게진 얼굴로 열심히 다시 읽었지만 그럴수록 아이들은 자지러지게 웃었다. 결국 선생

○ 가마쿠라 시대의 무사.

님까지 입가에 웃음을 띠는 지경이었다. 나는 너무 짜증이 나서 수업이 끝나자마자 서둘러 교실을 빠져나와 친구 하나 없는 운동장 구석에 멍하니 선 채로 울고 싶은 마음에 쓸쓸히 하늘을 바라보았다. 지금도 기억나는 것이, 그날 엄청난 모래 먼지가 짙은 안개처럼 끼어 있어서 태양 빛이 탁한 모래 안개 안쪽에서 달빛 같은 옅은 노란빛을 희미하게 흘려보내고 있었다. 나중에 알았지만 조선부터 만주에 걸친 지역 일대에는 1년에 한 번 정도 이런 날이 있다. 몽골의 고비사막에서 바람이 일어 모래 먼지가 멀리까지 날아오는 것이다. 그날 나는 난생처음 목격한 엄청난 날씨에 넋이 나가 운동장 끝에 늘어선 키큰 포플러 가지가 하얀 먼지 안개에 묻혀가는 것을 지켜보며 으적으적 모래가 쌓여가는 입으로 몇 번이고 퉤퉤 침을 뱉어냈다. 그때 느닷없이 옆에서 애써 억누르는 것 같은 기묘한 냉소와 함께 "야아, 창피하니까 괜히 침만 뱉고 있네."라는 목소리가 들렸다. 돌아보니 제법 키 크고 마른 체형에 눈이 가늘고 작지만 콧대가 오뚝한 소년이 악의라기보다는 조롱기 가득한 미소를 띠며 서 있었다. 그래, 내가 침을 뱉은 것은 먼지 탓이지만 듣고 보니 조금 전에 '하늘은 구천을 버리지 않을 것이다'라는 구절을 읽었을 때의 창피함과 외톨이가 느끼는 멋쩍음을 무마하고자 필요 이상으로 퉤퉤 침을 뱉었던 것도 사실이다. 나는 정곡을 찔려 아까보다 두세 배는 더 창피함이 몰려오는 것을 느끼고 갑자기 화가 치밀어 올라서 울상이 되어 앞뒤 사정을 재보지 않고 소년을 향해 달려들었다. 솔직히 말하자면 소년을 이겨 보겠다는 마음 따위는 조금도 없었다. 몸집이 작고 겁쟁이였던 나는 그때까지 싸움을 해서 이긴 역사가 없었다. 그때도 어차피 질 각오로, 그렇기에 눈물이 터지기 직전의 얼굴로 덤빈 것이다. 그런데 놀랍게도 실컷 얻어터질 각오로 눈을 질끈 감고 덤빈 상대가 의외로 약했다. 운동장 구석에 있는 기계체조용 모래밭에서 서로를 부여잡고 쓰러진 채 잠시 투닥거리다가 별로 어렵지 않게 그를 내 밑에 깔고 누를 수 있었다. 나는 내심 이러한 결과에 조금 놀라면서도 방심할 여유가 없었기에 눈을 감고 정신없이 그의 멱살을 쥐고 마구 흔들었다. 그러던 와중에 상대가 무저항 상태라는 것을 깨닫고 눈을 떠보니 내 손 밑으로 그의 가느다란 눈이 정색하고 있는 것인지 웃고 있는 것인지 알 수 없는 능글맞은 표정으로 올려다보고 있었다. 나는 불현듯 어떤 종류의 모욕감을 느껴 급히 손아귀 힘을 풀고 벌떡 일어나 그에게서 떨어졌다. 그도 뒤따라 일어나서 검은 교복에 묻은 모래를 털어내면서 내 쪽은 보지도 않고 소란을 듣고 달려온 소년들을 향해 민망한 듯 눈을 찌푸려 보였다. 나는 오히려 내가 진 것 같은 거북함을 느끼며 묘한 기분으로 교실로 돌아갔다.

그 사건 이후 이삼일 지나 집에 돌아가는 길에 그 소년과 같은 길을 나란히 걸은 적이 있다. 그때 그는 자기 이름이 조대환이라고 말했다. 이름을 듣고 나도 모르게 되물었다. 조선에 와 있는 주제에 같은 반에 조선인이 있을 거라고는 생각해본 적도 없었고, 아무리 보아도 소년의 모습이 조선인 같지 않았기 때문이다. 몇 번인가 다시 묻고 그의 이름이 진짜 조대환이라는 것을 알고 나니 몇 번이나 되물은 것이 조금 미안했다. 그 시절의 나는 조금 빨리 철이 들었던 것 같다. 나는 그가 자기 자신이 조선인이라는 의식을 하지 않게끔 — 이때뿐만 아니라 그 후로 같이 노는 동안에도 줄곧 — 배려하도록 노력했다. 하지만 그러한 배려는 쓸데없는 짓인 듯했다. 왜냐하면 조대환 본인이 전혀 신경 쓰지 않았기 때문이다. 실제로 자기 이름을 먼저 밝힌 것만 봐도 개의치 않는다는 증거라고 생각했다. 그것은 나의 착각이었다. 조대환은 자신이 조선인이라는 것보다도 친구들이 그 사실을 의식해서 호의를 베풀 듯이 자신과 놀아주는 건 아닌가, 하는 생각을 늘 품고 있었다. 때로는 그가 의식하지 않게끔 하려는 선생님과 우리의 배려가 그를 더없이 불쾌하게 만들었다. 조대환은 그 사실에 집착했기 때문에 겉으로는 그것에 구애받지 않는 듯한 모습을 보였고, 심지어 자기 이름을 먼저 이야기했던 것이다. 하지만 내가 이 사실을 알게 된 것은 훨씬 나중 일이었다.

아무튼 우리는 친구가 되었다. 우리는 함께 초등학교를 졸업하고 경성의 중학교에 입학하여 매일 아침 용산에서 전차를 타고 학교를 가게 되었다.

3.

그 시절이라 하면 초등학교를 졸업할 무렵부터 중학교에 입학할 즈음에 걸친 시기인데, 조대환이 좋아하는 여자아이가 있었다. 초등학교 때 우리 반은 남녀 합반이었는데, 여자아이는 부반장이었다 (반장은 남자아이로 뽑았다). 키 크고 피부가 하얀 편은 아니지만 머리숱이 많고 눈이 깊고 예쁜 소녀였다. 반 친구 모두가 《소녀 클럽》인지 뭔지 하는 잡지 표지 그림과 그 아이가 닮았다고 이야기하는 것을 들은 기억이 있다. 조대환은 초등학교 때부터 그 여자아이를 좋아했던 것 같은데, 여자아이도 용산에서 전차로 다니는 경성의 여자중학교에 진학하여 학교를 오가는 길에 전차에서 가끔씩 마주치면서 좋아하는 마음이 커졌다. 어느 날 조대환은 진지하게 그 이야기를 내게 털어놓았다. 처음에는 자기도 그 정도는 아니었는데, 어떤 형이 그 여자아이가 예쁘다고 말하는 걸 듣고 나서 갑자기 그 애가 미칠 듯이 예뻐 보였다고 얘기했다. 입 밖으로 이야기하지는 않았지만 그의 예민한 성격을 생각하면 이번에도 새삼스레 조선인이니 일본인이니 하는 문제로 끙끙대며 고민하겠구나, 하는 추측은 어렵지 않았다. 나는 아직도 분명히 기억한다. 어느 겨울 아침, 남대문역에서 전차를 갈아타다가 우연히 그 여자아이가(그 여자아이도 무슨 생각이었는지 갑자기 그런 맘이 들었던 것 같다) 얼굴을 정면으로 바라보며 인사를 하는 바람에 당황해서는, 추위로 코끝이 빨개진 채 인사하던 조대환의 그 얼굴! 비슷한 시기에 역시 전차에서 그 여자아이와 마주쳤을 때, 우리는 그 아이가 앉아 있던 자리 앞에 서 있었다. 옆 사람이 자리에서 일어나면서 그녀가 옆으로 조금 비켜서 조대환을 위해(그것은 동시에 나를 위한 자리였을 수도 있지만) 자리를 마련해줬는데, 그때 그의 얼굴이 얼마나 당황 혹은 기쁨에 가득 차 있었는지! 내가 왜 이런 쓸데없는 것까지 또렷하게 기억하느냐면, 물론 이런 건 굳이 알 필요 없겠지만 나 또한 남몰래 그 아이를 좋아했기 때문이다. 하지만 결국 조대환의, 아니 우리의 애달픈 짝사랑은 시간이 지나고 우리 얼굴에 점점 여드름이 솟아나면서 어딘가로 증발해버렸다. 우리 앞으로 차례차례 나타나는 인생의 불가사의 앞에 그 흔적을 잃어버렸다는 것이 정확할 것이다. 이 시기부터 우리는 점차 기괴한 매력으로 가득 찬 인생의 수많은 진실을 향해 날카로운 호기심 어린 눈빛을 빛내기 시작했다. 우리 둘이, 물론 어른들이 데려다준 것이었지만 호랑이 사냥을 나간 것은 딱 이때의 일이다. 시간 순서는 반대가 되겠지만 호랑이 사냥 이야기를 제일 마지막에 하고, 호랑이 사냥 이후의 조대환에 대해 먼저 이야기하겠다. 그 이후의 조대환과의 추억이라고 하면 정말 두세 개밖에 없으니 말이다.

4.

조대환은 원래 기묘한 것이라면 무조건 흥미로워하던 남자였다. 학교에서 시키는 일에는 요만큼도 열정을 보이지 않았다. 검도 시간에도 거의 아프다고 하고 뒤에서 보거나 진지하게 호면을 쓰고 죽도를 휘두르는 우리를 가느다란 눈으로 바라보며 조소를 날리곤 했다. 어느 날엔가는 4교시 검도 시간이 끝나고 아직 호면을 벗지도 않은 내게로 와서 자기가 어제 미쓰코시三越 백화점° 갤러리에서 열대어를 보고 온 이야기를 했다. 제법 흥분한 어조로 열대어가 얼마나 아름다웠는지 설명하고 나에게도 꼭 보러 가라고, 만약 내가 간다면 자신도 한 번 더 가겠다고 했다. 그날 학교가 끝나고 우리는 혼마치本町° 거리에 위치한 미쓰코시에 들렀다. 아마도 국내에 처음 소개된 열대어였을 것이다. 3층에 진열장으로 둘러싸인 공간으로 들어가니 주위 창가에 수조

○   현재 신세계 백화점 본점.
○   현재의 충무로.

1 8

몇 개가 진열되어 있었다. 공간은 수족관처럼 어슴푸레한 푸른빛으로 가득했다. 조대환은 나를 창가 중앙에 있는 수조 앞으로 데려갔다. 바깥 하늘이 비쳐 푸르게 빛나는 물속에는 대여섯 줄기의 수초 사이로 얇은 비단을 바른 손부채처럼 아름답고 매우 얇고 넓적한 물고기 두 마리가 소용히 헤엄치고 있었다. 마치 가자미가 세로로 헤엄치는 듯한 모양새였다. 몸과 거의 비슷한 크기의 삼각형 돛처럼 생긴 지느러미가 인상적이었다. 움직일 때마다 색이 변하는 비단벌레 같은 회백색 몸은 화려한 넥타이 무늬처럼 굵은 자홍색 줄무늬가 몇 줄 선명하게 들어 있었다.

열심히 구경하던 내 옆으로 조대환이 다가와서 "어때!" 하고 의기양양하게 외쳤다.

두꺼운 유리 때문에 녹색으로 보이는 기포가 올라가는 행렬, 바닥에 깔린 자잘한 하얀 모래, 그 안에 자라난 가느다란 수초, 그 사이 장식 같은 꼬리 지느러미가 혹여 닿을까 조용히 움직이며 헤엄치는 마름모형 물고기. 이러한 것들을 가만히 들여다보다가 어느새 요지경으로 남태평양의 바닷속이라도 들여다보는 기분에 흠뻑 빠져들었다. 하지만 동시에 조대환이 감격에 겨워 들려준 이야기가 호들갑으로 느껴졌다. '이국적인 아름다움'에 대해 조대환이 품은 애정은 익히 알고 있었지만, 이번에는 과장이 많이 들어간 것 같아 좀 덜어내야겠다고 생각했다. 그래서 한 바퀴 둘러본 다음에 미쓰코시를 나와서 혼마치 거리를 걸으면서 일부러 이렇게 말해주었다.

— 물론 아름답지 않은 건 아니었지만 말이야. 일본 금붕어만 해도 저 정도로 예뻐.

반응은 즉시 돌아왔다. 조대환은 입을 굳게 다문 채 정면으로 나를 돌아봤다. 여느 때처럼 가느다란 눈과 오뚝한 콧방울, 두터운 입술을 가진 그의 얼굴에는 여드름 흉터가 가득했다. 그 얼굴은 섬세한 아름다움을 이해하지 못하는 나를 향한 애처로운 웃음, 그보다 지금 심술에 차서 시니컬해진 나의 태도에 대한 항의, 그런 것들이 뒤섞인 복잡한 표정으로 가득 차 있었다. 그 후 일주일 정도 그는 나와 말을 섞지 않았던 것 같다.

5.

조대환과 알고 지내는 동안 훨씬 중요한 사건들이 많았을 텐데, 나는 바보같이 이런 사소한 것만 선명하게 기억하고 다른 일들은 거의 잊어버리고 말았다. 인간의 기억이란 대개 그런 식인 것 같다. 그 밖에 내가 기억하고 있는 사건이라면, 중학교 3학년° 때 겨울 훈련°을 갔던 날 밤 있었던 일이다.

살에 닿는 바람이 차가운, 아마도 11월 끝 무렵의 어느 날이었다. 그날 3학년 이상인 학생들은 한강 남쪽 영등포 부근에서 발포 훈련을 실시했다. 척후 역할을 맡아 조금 높은 언덕에 올라 듬성듬성한 나

○ 제국주의 시절 일본의 중학교는 5학년제였다.
○ 일본은 제국주의 시절인 1925년부터 학교에서 군사 교련을 실시했다.

무숲 사이로 아래를 내려다보니 하얀 모래밭이 끝없이 이어져 있고, 중간 부근에 탁한 날붙이 빛깔을 띤 겨울 강물이 삭막하게 흘러가고 있었다. 저 멀리 하늘에는 늘 보아온 북한산의 울퉁불퉁한 바위와 잇닿은 경계가 청보라색으로 물들어 있었다. 그 황량한 풍경 사이로 배낭끈과 총의 윤활유 냄새, 혹은 화약 냄새 따위를 맡으며 우리는 온종일 이곳저곳을 뛰어다녔다.

그날 밤은 한강변의 노량진이라는 하천 근처에 텐트를 쳤다. 우리는 지친 다리를 이끌고 어깨 언저리에서 총의 무게를 저릿저릿 느끼며 걷기 힘든 강변 모래 위를 터벅터벅 걸었다. 야영지에 도착한 시각은 4시경이었다. 힘겹게 텐트를 펼 무렵, 그때까지는 맑았던 하늘이 갑자기 어둑어둑해지더니 타닥타닥 우박이 매섭게 떨어지기 시작했다. 엄청나게 굵은 우박이었다. 우리는 너무 아파서 아직 치지 않고 모래 위에 펼쳐놓은 텐트 밑으로 파고들었다. 텐트의 두꺼운 천에 닿는 우박 소리가 귓가에 세차게 울려 퍼졌다. 우박은 10분 후 그쳤다. 텐트 아래

에서 고개를 내민 우리는 — 같은 텐트 밑에 일고
여덟 명이 고개를 처박고 숨어 있었다 — 서로 얼굴
을 마주 보고는 일제히 웃음을 터트렸다. 그제야 나
는 조대환도 같은 텐트에서 얼굴을 내민 동지였다
는 사실을 알았다. 하지만 그는 웃고 있지 않았다.
불안한 듯 창백한 얼굴로 고개를 숙이고 있었다. 옆
에 5학년 선배 N이 서 있었는데 뭔가 험악한 얼굴
로 그를 타박하고 있었다. 모두가 서둘러 텐트 밑으
로 들어갔을 때 조대환이 팔꿈치로 선배를 치는 바
람에 안경이 떨어진 모양이었다. 원래 우리 중학교
는 상급생이 심하게 군기를 잡는 관습이 있었다. 길
에서 만나면 경례하는 것은 물론 무슨 일이든 상급
생에게는 절대복종하는 분위기였다. 나는 조대환이
얌전히 사과할 거라고 생각했다. 그러나 우리가 옆
에서 보고 있었기 때문인지도 모르지만, 순순히 사
과하는 모습이 아니었다. 그는 고집스럽게 입을 다
문 채 뻣뻣하게 서 있었다. N은 잠시 조대환을 무섭
게 째려보다가 우리 쪽을 힐끗 보더니 빙글 뒤로 돌
아서 그대로 가버렸다.

사실 예전부터 조대환은 상급생들 눈 밖에 나 있었다. 첫 번째 이유는 조대환이 길거리에서 그들을 만나도 경례를 하지 않았기 때문이었다. 조대환은 근시인데도 안경을 쓰지 않아서 인사하지 못하는 경우가 제법 있었다. 그 이유만이 아니라도 원래 그 나이치고는 어른스러운 면이 있어서 상급생들의 유치한 행동을 보고 비웃음을 날렸고, 게다가 그즈음부터 나가이 가후永井荷風°의 소설을 탐독할 정도라서 강경파인 상급생 눈에는 지나치게 유약해 보인 탓에 미움받은 것도 당연했다. 조대환에게 듣기로는 두 번 정도 "건방진 놈, 똑바로 안 하면 맞을 줄 알아."라고 협박당했다고 한다. 훈련이 있기 이삼일 전에는 학교 뒤쪽에 숭정전이라는 옛 조선왕조 궁궐터에 끌려가서 맞을 뻔했는데, 마침 그곳에 학생주임 선생이 지나간 덕분에 겨우 넘어갈 수 있었단다. 조대환은 그 이야기를 하며 입언저리에 특유의 조소를 띠었는데, 순간적으로 얼굴이 굳더니 이런 소리를 했다. 자신은 결코 그들을 두려워하지 않고

○ 소설가. 일본 탐미주의 문학의 선구자.

맞는 걸 무서워한 적도 없는데, 그럼에도 그들 앞에 서면 몸이 떨린다고. 이런 멍청한 경우가 있나 싶지만 자동으로 몸이 미세하게 떨리는 것이 어찌 된 영문인지 모르겠다고 진지한 얼굴로 이야기했다. 언제나 남들을 업신여기는 듯한 미소를 짓고 남들에게 속을 내비치지 않으려고 몸에 힘을 주고 있는 주제에 이렇게 솔직한 고백을 할 때도 있었다. 다만 속내를 털어놓은 다음에는 방금 했던 행동을 후회하는 표정 또는 냉소를 띤 얼굴로 바뀌기는 했다.

상급생들과 이러한 사정이 있어서인지 조대환은 이번에도 순순히 사과하지 않았을 것이다. 그날 저녁, 텐트를 치고 나서도 그는 여전히 불안감을 떨치지 못한 얼굴이었다.

몇 십 개의 텐트가 강변에 들어서고, 그 안에 짚을 깔고 잘 준비를 마치자 텐트마다 불을 피우기 시작했다. 처음에는 장작에 불이 붙지 않고 연기만 나는 바람에 안에 있기가 힘들었다. 겨우 연기가 사그라지고 나서 아침부터 배낭에 들어 있어서 딱딱하게 굳은 주먹밥을 먹었다. 다 먹고 바깥에 나가서 점호를 실시했다. 점호를 마치고 나서 각자 텐트로 돌아가 모래에 깔아둔 짚 위에서 취침하고 텐트 바깥에 서는 보초는 한 시간마다 교대하기로 했다. 내가 맡은 시간은 새벽 4시부터 5시까지였기 때문에 그때까지는 푹 잘 수 있었다. 우리 텐트에는 나를 포함해 3학년 학생이 다섯 명(그중에는 조대환도 있었다), 그리고 감독 역할로 4학년 학생이 두 명 있었다. 처음에는 다들 좀처럼 잠을 자지 않을 태세였다. 오밤중에 모래를 파내고 급조한 화로를 둘러싸고 앉아 불그림자에 비추어 벌게진 얼굴로, 하지만 외부와 땅 밑에서 스며들어오는 한기에 외투 깃을 세우고 목을 움츠리면서 우리는 싱거운 잡담에 빠져들었다. 그날 교련 선생님이자 만년 소위님이 아슬아슬하게 낙마할 뻔했던 이야기, 행군 도중에 민가 뒷마당을 침범하는 바람에 농부와 싸웠던 이야기, 척후로 나갔던 4학년 학생이 몰래 포켓 위스키를 마시고 돌아온 후 거짓 보고를 했다는 등 쓸데없는 자기 자랑을 하다가 몇 시쯤이었는지 기억나지 않지만 지극히 소년스러운, 지금 생각하면 순진

하기 짝이 없는 음담패설로 넘어갔다. 그래도 한 살 더 연장자라고 4학년 선배들이 주로 화제를 던졌다. 우리는 눈을 빛내며 경험담인지 상상인지 알 수 없는 선배들의 이야기에 빠져들었다. 정말 별것 아닌 이야기에도 와아아, 하고 신나게 호응했다. 그중에서도 오로지 조내환만은 딱히 재미있지 않다는 얼굴로 잠자코 있었다. 그가 이런 이야기에 흥미가 없는 것은 아니었다. 다만 그는 선배들의 시시한 농담을 엄청 재미있다는 듯이 웃어주는 우리의 태도에 담긴 '비굴한 추종자의 모습'을 못마땅하게 여긴 것이 분명했다.

슬슬 지루해지기도 하고 피로가 몰려오자 저마다 추위를 막으려고 몸을 밀착한 채로 짚 위에 누웠다. 나도 누워서 세 겹의 모직 셔츠에 재킷과 겉옷과 외투를 껴입었는데도 오싹하게 밀려드는 추위에 떨었다. 그래도 몇 시간 지나니 졸음이 몰려와 잠에 빠졌던 것 같다. 어디선가 높은 톤의 목소리가 들려와서 눈을 뜬 것은 그로부터 두세 시간 지난 다음이었을까. 나는 이유를 알 수 없는 불길한 예감이 들어

가만히 귀를 기울였다. 텐트 바깥에서 날카로운 목소리가 들려왔다. 아무래도 조대환의 목소리인 것 같았다. 혹시나 싶어 그 새벽에 내 옆에 누워 있던 그를 찾았지만 조대환은 자리에 없었다. '아마 보초 시간이 되어 없는 것일지도 몰라. 그런데 묘하게 위태로워 보이는 목소리의 정체는 뭐지?' 그 순간 겁에 질린 것이 분명한 조대환의 목소리가 얇은 천 너머에서 들려왔다.

— 그렇게 잘못한 건 없는 것 같습니다.
— 뭐? 잘못한 게 없다고?

이번에는 조대환의 목소리를 짓누르는 굵은 목소리가 울려 퍼졌다.

— 이런 건방진 새끼가!

그 목소리와 함께 선명하게 짝 하고 뺨 때리는 소리와 총이 모래밭 위로 떨어지는 소리, 그리고 거칠

게 몸을 밀치는 둔탁한 소리가 두세 번 잇달아 들려왔다. 나는 순간적으로 모든 상황을 파악했다. 내 불길한 예감이 맞았다. 조대환은 평소부터 눈엣가시 같은 존재였고 낮에 그런 사건도 벌어졌던 탓에 오늘 밤 무슨 일을 당하는 건 아닐까 새벽에 생각했는데, 지금 실제로 그 일이 빌어지고 있는 것이다. 나는 텐트에서 몸을 일으켰지만 어찌할 도리가 없어서 그저 불안한 마음으로 가만히 바깥 동태를 살폈다(다른 친구들은 용케도 잘 자고 있었다). 바깥에서 두세 명이 자리를 뜨는 기척이 나더니 쥐 죽은 듯이 고요해졌다. 나는 옷을 잘 껴입고 조용히 텐트 밖으로 나왔다. 바깥은 예상치 못한 새하얀 달밤이었다. 텐트에서 조금 떨어진 곳에 달빛으로 새하얗게 빛나는 모래밭에 덩그러니 검고 작은 강아지처럼 소년이 가만히 얼굴을 숙인 채 웅크리고 앉아 있었다. 총은 모래에 놓여 있고 검 끝이 달빛을 받아 반짝반짝 빛나고 있었다. 나는 곁에 다가가 그를 내려다보며 "N이야?"라고 물었다. N은 낮에 그와 언쟁을 벌였던 5학년 선배 이름이다. 하지만 조대환은 여전히 고개를 숙인 채 대답하지 않았다. 그러더니 갑자기 우왁 하는 소리를 내며 차가운 모래밭 위로 몸을 쓰러트리고는 격렬하게 등을 떨며 아이처럼 엉엉 소리 내어 울기 시작했다. 나는 깜짝 놀랐다. 10미터 정도 떨어진 텐트 옆에 서 있던 보초도 보고 있었다. 하지만 조대환의 평소답지 않은 진솔한 통곡이 내 마음을 움직였다. 나는 그를 부축해 일으키려 했다. 그는 좀처럼 일어나지 않았다. 다른 텐트의 보초들이 보지 못하게 해야겠다는 마음에 그를 힘겹게 일으켜 끌고 강 가까이로 데려갔다. 18~19일 언저리의 달이 럭비공과 비슷한 모양으로 차가운 하늘에 서려 있었다. 새하얀 모래밭에는 삼각형 텐트가 줄을 서 있고, 텐트 바깥으로는 어디에나 일고여덟 개씩 총검이 세워져 있었다. 보초들은 새하얀 입김을 내뿜으며 추운 듯 개머리판을 붙잡고 서 있었다. 우리는 텐트촌에서 떨어져 나와 한강 본류 쪽으로 걸어갔다. 정신을 차리고 보니 어느새 내가 조대환의 총을(모래에 떨어져 있던 것을 주워서) 대신 들고 있었다. 조대환은 장갑 낀 양손을 축 늘어뜨린 채 아래를 보며 걷고 있었는데 그때 툭 하고, 역시나 고개를 떨군 채로 말했다. 아직 울고 있었기 때문에 그 목소리도 오열 속에서 뚝뚝 끊겨 들렸지만 아무튼 나를 책망하는 듯한 말투로,

— 대체 뭘까. 도대체 강한 게 뭐고, 약한 게 뭐야?

말 자체는 너무 간결해서 그가 무슨 이야기를 하고 싶은 건지 알기 어려웠지만 말투가 묵직하게 다가왔다. 평소에 보아온 조대환다운 모습은 조금도 느껴지지 않았다.

— 난 말이야, (여기서 한 번 더 어린아이처럼 훌쩍거리고) 나는 저런 놈들한테 맞았다고 해서, 맞는 게 지는 거라고는 생각하지 않아. 진짜야. 그런데, 아무리 생각해도, (여기서 한 번 더 흐느끼고) 역시 너무 분해. 그렇게 분한 주제에 맞서 싸우지는 못해. 무서워서 맞서지는 못해.

여기까지 말하고 입을 다물었을 때, 나는 그가 또다시 통곡하는 건 아닐까 싶었다. 그 정도로 목소리가 고조되어 있었다. 하지만 그는 울음을 터트리지 않았다. 나는 그에게 건넬 적당한 위로의 말이 떠오르지 않아 속이 타면서도 조용히 모래에 검게 비치는 우리의 그림자를 보며 걸었다. 그래, 초등학교 운동장에서 나와 싸운 이후로 그는 줄곧 겁쟁이였다.

　― 강한 게 뭐고, 약한 게 뭘까, 대체 뭘까…… 그러게, 정말.

　나는 다시 한 번 그의 말을 되풀이했다. 우리는 어느새 한강 본류 기슭까지 와 있었다. 기슭에 가까운 곳은 이미 얇게 얼어 있었고, 중류에 흐르는 굵직한 물줄기에도 제법 큰 얼음덩어리가 떠 있었다. 물이 드러난 부분은 달빛을 받아 아름답게 빛나고 있었지만, 얼음이 붙은 부분은 간유리처럼 달빛을 흡수해버렸다. '이제 일주일 사이에 전부 꽁꽁 얼어붙겠지.'라고 생각하며 수면을 바라보던 나는 문득 그가 방금 했던 말을 떠올리고 숨겨진 의미를 발견한 것 같아 놀랐다. "강한 게 뭐고, 약한 게 뭘까, 대체 뭘까?" 그때 나는 머리가 깨인 것 같은 기분이 들었다. 그저 현재 자신이 처한 상황에서 느낀 감정만은 아닐 것 같았다. 물론 지금 다시 떠올려보면 내가 너무 깊이 생각한 걸 수도 있다. 아무리 철이 들었다고 해도 고작 중학교 3학년이 한 말에 그런 의미를 부여하다니, 그를 과대평가한 건지도 모른다. 하지만 늘 자신의 출생을 신경 쓰지 않는 척하면서도 실은 엄청나게 신경 쓰던 조대환을, 또 상급생들이 자신을 괴롭히는 이유 중 일부는 그것이라 판단했던 조대환을 잘 알고 있었기에 내가 그렇게 생각했던 것도 무리는 아니었다. 그런 생각을 하고 다시 나란히 걷고 있던 조대환의 풀 죽은 모습을 보니 그렇지 않아도 위로의 말이 떠오르지 않던 나는 더더욱 말 걸기가 힘들어져 그저 묵묵히 수면을 바라보고 있었다. 하지만 그 와중에 내 마음 한구석에 기쁨이 차올랐다. 전에도 말했듯이 지금까지 이런 일이 없었던 것은 아니지만, 그가 이날 밤만큼 솔직하고 격정적으로 나를 놀라게 한 적은 없었다. 즉, 그 시니컬하고 콧대 높은 조대환이 그간의 껍데기를 홀딱 벗어던지고 그저 벌거벗은, 겁이 많은, 일본인이 아니라 조선인인 자신의 모습을 보여준 것이 내게 기쁨을 주었다. 우리는 그렇게 잠시 동안 추운 강변에 서서 강 건너편의 용산에서 독촌°과 청량리에 걸쳐 달빛으로 새하얗게 빛나는 야경을 바라보았다.

그날 밤 사건 외에 조대환에 관한 기억은 딱히 없다. 그로부터 얼마 지나지 않아(아직 우리가 4학년이 되기 전에) 그는 느닷없이, 말 그대로 느닷없이 나에게조차 한마디 예고 없이 학교에서 모습을 감추고 말았기 때문이다. 말할 것도 없이 나는 바로 조대환의 집을 찾아갔다. 가족들은 집에 있었다. 조대환만 없었을 뿐이다. 잠시 중국에 갔다고, 그의 아버지의 불완전한 일본어로 돌아온 대답 외에 어떤 단서도 얻을 수 없었다. 나는 너무 화가 났다. 가

○ 毒村, 뚝섬으로 추정.— 나카지마 아쓰시(지음), 김영식(옮김), 『산월기』, 문예출판사, 2016년, 210쪽 참고

기 전에 한마디 인사라도 해주면 좋았을 텐데. 나는 그의 잠적 원인을 여러 가지로 생각해보았지만 소용없었다. 그날 밤 사건이 직접적인 동기였을까? 고작 그런 일로 학교를 그만두지는 않겠지만 어느 정도는 관련 있지 않을까 싶었다. 그렇게 생각하고 나니 겨우 조대환이 말했던 '강하다, 약하다'라는 말이 깊은 의미가 있는 것처럼 느껴졌다.

그러다가 그에 관한 여러 소문이 들려왔다. 그가 일종의 운동 조직에 참가하여 활약하고 있다는 소문이 한차례 돌았다. 그다음에는 그가 상하이에서 방탕하게 살고 있다는 이야기도 — 이건 조금 나중이 되어서지만 — 들었다. 모든 소문이 있을 법했고 동시에 전부 근거 없는 소문 같기도 했다. 이렇게 나는 중학교를 마치고 도쿄로 갔다. 그 후로 그의 소식은 묘연할 뿐이었다.

6.

호랑이 사냥 이야기를 한다고 해놓고 서론이 너무 길어지고 말았다. 이제는 정말 본론에 들어가야겠다. 호랑이 사냥 이야기는 앞에서도 말했듯이 조대환이 모습을 감추기 2년 전의 정월, 즉 나와 조대환이 초등학생 시절에 좋아했던 눈이 예쁜 부반장을 서서히 잊어가고 있던 즈음에 일어난 일이다.

어느 날 학교가 끝나고 언제나처럼 조대환과 둘이서 전차 정류소까지 걸어오는데 그가 나에게 재밌는 이야기가 있다며 다음 정류소까지 같이 걷자고 했다. 그는 나에게 호랑이 사냥에 가고 싶지 않느냐고 물었다. 이번 토요일에 아버지가 호랑이 사냥을 가는데 자신도 데려가준다고 했단다. 나라면 예전에 이름을 말한 적도 있어서 아버지도 허락해줄 거라고 같이 가자고 했다. 나는 호랑이 사냥이란 것을 여태껏 생각해본 적이 없었던 만큼 놀랍기도 하고 그의 말이 진짜인지 아닌지 믿을 수 없어 의심스러운 눈초리로 그를 잠시 쳐다봤던 것 같다. 정말 호랑이라는 생물이 동물원이나 어린이 잡지 삽화가 아니고 내 눈앞에, 현실에, 심지어 내가 승낙하면 삼사일 안에 나타날 거라고는 꿈에도 생각하지 못했기 때문이다. 그래서 나는 우선 그가 나를 속이는 건 아닌지 다시금 — 조금 기분 나빠 할 정도로 — 확인한 후에 장소와 일행, 비용을 물었다. 결국 그의 아버지가 허락만 해주면, 아니 제발 부탁이니 무리해서라도 데려가줬으면 좋겠다고 내가 부탁한 것은 말할 것도 없다. 조대환의 아버지는 원래 옛날부터 명망 있는 집안의 신사로, 이전에는 상당한 직급을 맡은 관리였다고 한다. 일을 그만둔 지금도 이른바 '양반'이어서 경제적으로 풍족한 것은 조대환이 입고 다니는 옷만 봐도 알 수 있었다. 다만 조대환은 조선인으로 사는 모습을 보여주기 싫었던 것인지, 누가 집으로 놀러 오는 것을 싫어해서 나는 그의 집이 어디인지는 알고 있었지만 한 번도 가본 적이 없었고 따라서 그의 아버지 얼굴도 본 적이 없었다. 이야기를 들어보니 조대환의 아버지는 거의 매년 호랑이 사냥을 간다는데 조대환을 데려가는 것은 올해가 처음이라고 했다. 그 역시 굉장히 흥분한 상태였다. 그날 우리는 전차에서 내려서 헤어질 때까지 모험에 대한 예상을, 특히 어느 정도까지 우리가 위험에 처할 것인지 여러 가지로 이야기를 나누었다. 그렇게 헤어지고 집에 돌아와 부모님 얼굴을 보고 나서 나는 어리석게도 처음으로 이 모험을 가로막는 최대 장애물을 발견했다. 어떻게 하면 부모님의 허락을 받을 수 있을까? 그것이 난관이었다. 원래 우리 아버지는 맨날 일본과 조선의 융화, 이런 이야기를 입에 담으면서도 내가 조대환과 친하게 지내는 것을 그다지 좋아하지 않았다. 더구나 호랑이 사냥이라는 위험한 것을 그 친구와 함께 간다고 하면 말을 꺼내기도 전에 반대할 게 분명했다. 많이 고민한 끝에 나는 다음 방법을 쓰기로 마음먹었다. 중학교 근처의 서대문에 친척 — 시집간 사촌 누나 — 이 산다. 토요일 오후, 그곳에 놀러 간다고 하면서 거기서 자고 올지도 모른다고 말해두는 것이다. 우리 집이나 친척 집이나 전화는 없으므로 적어도 이렇게 해두면 그날 밤만큼은 완벽하게 둘러댈 수 있을 것이다. 물론 시간이 지나면 들킬 게 뻔하지만 그때는 아무리 크게 혼난들 상관없다. 아무튼 그날 밤만 어떻게든 둘러대면 된다고 생각했다. 나는 흔치 않은 귀중한 경험을 위해서라면 부모님의 잔소리 정도는 개의치 않는 태생적인 쾌락주의자였던 것이다.

다음 날 아침 학교에 가서 조대환에게 그의 아버지가 허락했는지를 묻자 그는 짜증스러운 표정으로 "당연하지." 하고 말했다. 그날부터 학교 공부 따위가 우리 귀에 들어올 리 없었다. 조대환은 아버지에게 들은 여러 정보를 이야기해주었다. 호랑이는 밤이 되어야 먹이를 찾으러 나선다, 표범은 나무에 오를 수 있지만 호랑이는 오르지 못한다, 우리가 가는 곳은 호랑이뿐만 아니라 표범도 나올 수 있다, 그 외에 총은 레밍턴을 쓴다고 했다가 윈체스터를 쓴다는 둥 마치 자기가 옛날부터 알고 있었던 이야기를 하는 것처럼 갖가지 예비지식을 전달해주었다. 나도 평소라면 "뭐야, 너도 들은 얘기잖아."라고 한마디 했겠지만, 아무튼 모험에 대한 생각으로 마냥 기뻤기에 그의 아는 체를 즐겁게 들어주었다.

금요일 방과 후, 나는 홀로(이것은 조대환에게도 비밀로 하고) 창경원에 갔다. 창경원은 옛날에 조선 왕조 정원이었는데 지금은 동물원으로 사용하고 있다. 나는 호랑이 우리 앞에서 멈춰 섰다. 나와는 1미터 남짓 떨어진 거리에 있는 난방이 되는 우리에서 호랑이는 앞발을 가지런히 모으고 누워서 눈을 가늘게 뜨고 있었다. 자고 있는 건 아니지만 가까이 다가온 나에게 눈길 한 번 주지 않았다. 나는 가능한 한 가까이 가서 자세히 관찰했다. 분명 송아지 정도는 될 것 같은 솟아오른 등과 살집. 등의 색은 짙고 복부로 갈수록 색이 옅어졌다. 바탕색인 황색 위로 선명하게 흐르는 검은 줄무늬. 눈 위와 귀 끝 털은 하얗다. 몸에 걸맞은 크기로 단단하게 붙어 있는 머리와 턱. 사자처럼 장식인 양 멍청하게 큰 것이 아닌지라 아주 실용적인 용맹함이 느껴졌다. 이런 맹수가 곧 산속에서 내 눈앞에 튀어나올 거라고 생각하니 가슴이 떨려오는 것을 참을 수 없었다. 호랑이를 관찰하던 나는 지금까지 몰랐던 사실을 발견했다. 호랑이의 뺨과 턱 밑이 하얗다는 것이었다. 코끝이 새까맣고 고양이와 마찬가지로 아주 부드러워 보여 순간 손을 뻗어 만져보고 싶은 생김새도 재미났다. 나는 그러한 발견에 만족하고 돌아가려 했다. 그런데 여기 서 있던 한 시간 동안 이 맹수는 나에게 눈길 한 번 주지 않았다. 나는 굴욕당한 느낌이 들어 마지막으로 맹수가 우는 소리를 내서 주의를 끌어보려고 했다. 하지만 소용없었다. 호랑이는 가늘게 닫힌 눈을 뜨려고도 하지 않았다.

드디어 토요일이 왔다. 4교시 수학 시간이 끝나기만을 하염없이 기다렸다가 서둘러 집으로 돌아갔다. 점심을 해치우고 평소보다 셔츠를 두 장 더 껴입고 두건에 귀마개에 방한 준비를 충분히 갖추고 사전 계획대로 "친척 집에서 자고 올지도 모른다." 라고 말하고 집을 나섰다. 4시 기차인데 너무 빨리 나선 감이 없지 않았지만 집에서 가만히 기다릴 수 없었다. 약속한 남대문역 1·2등 대합실에 도착하고 보니 조대환은 이미 와 있었다. 언제나 보던 교복이 아니라 머리부터 발끝까지 검은색인, 스키복처럼 따뜻해 보이는 가벼운 차림이었다. 아버지와 친구도 올 거라고 했다. 둘이 잠시 이야기하는 사이 대합실 입구에 사냥복을 입고 각반을 두르고 커다란 엽총을 어깨에 걸친 신사 두 명이 나타났다. 조대환은 그들을 보며 손을 들었고, 그들이 우리 쪽으로 오자 키 크고 수염이 없는 남자에게 나를 '나카야마'라고 소개했다. 처음 보는 조대환의 아버지였다. 쉰 살까지는 안 될 것 같고, 체격이 다부지며 혈색이 좋고 아들과 마찬가지로 눈이 가느다란 아저씨였다. 내가 얌전히 고개를 숙이고 인사하자 그분은 미소와 함께 응답했다. 말을 하지 않은 것은 조대환이 예전에 말했듯 일본어를 그다지 잘하지 못하기 때문인 것 같다. 또 한 명의 갈색 수염을 기른, 딱 보기에 일본인은 아닌 것 같은 남자에게도 나는 고개를 숙였다. 남자는 말없이 고개를 끄덕이고 조대환이 조선말로 하는 설명을 들으며 내 얼굴을 내려다보고는 미소를 지어 보였다.

기차 출발 시각은 4시 정각이었다. 일행은 나를

포함하여 네 명 이외에 또 한 명이 있었는데, 누가 고용한 사내인지는 모르겠으나 주인들의 방한용품과 식량, 탄약을 짊어진 남자가 따라왔다.

기차에 타고 나서도 나란히 자리 잡은 조대환과 나는 계속 수다를 떨었고 어른들은 거의 말을 하지 않았다. 조대환은 내 앞에서 그다지 소선말을 쓰고 싶어 하지 않는 듯했다. 가끔씩 맞은편에 앉은 아버지가 주의하는 말에도 지극히 간단히 대답할 뿐이었다.

겨울 해는 기차 안에서 완전히 기울었다. 철도가 산지에 들어서면서 창문 밖에 눈이 쌓인 것이 보였다. 기차가 목적지 역 ― 사리원 직전의 어디였던 것 같은데 아무리 생각해도 지금은 기억나지 않는다. 풍경 하나하나는 너무도 분명히 기억하고 있는데 이상하게도 가장 중요한 역 이름은 새까맣게 잊어버리고 말았다 ― 에 도착했을 때는 벌써 7시가 넘어 있었다. 등불이 어두운 낮고 좁은 목조 건물 역에 내렸을 때 검은 하늘에서 눈 위를 쓸고 지나가는 바람이 무의식중에 어깨를 움츠리게 만들었다. 역 앞에도 사람이 사는 마을은 보이지 않았다. 허허벌판 너머 달 없이 별만 뜬 하늘에 거뭇거뭇하게 산 같은 그림자가 솟아 있을 뿐이었다. 외길을 200~300미터쯤 걸어서 우리는 오른편 외딴곳에 덩그러니 지어진 야트막한 조선식 가옥에 도착했다. 문을 두드리자 바로 문이 열리고 노란빛이 눈으로 쏟아져 들어왔다. 모두 들어갔기에 나도 몸을 구부려 낮은 입구를 지나 안으로 들어갔다. 그 집은 전부 장판이 깔린 온돌방이라 갑자기 따뜻한 기운이 훅 느껴졌다. 안에는 일고여덟 명의 조선인이 담배를 피우며 이야기를 나누고 있었는데, 이쪽을 보고는 일제히 인사했다. 그중 집주인인 듯 보이는 붉은 수염을 기른 남자가 나와서 조대환의 아버지와 이야기를 나누고 안으로 들어갔다. 이야기가 미리 되어 있었던 듯 차를 한 잔 마시자 전문 사냥꾼 두 사람과 몰이꾼 대여섯 명이 — 사냥꾼과 몰이꾼은 같은 차림이라 구분하기가 어려웠지만 조대환의 귀띔으로 그들이 들고 있는 총의 크기로 구별할 수 있었다 — 우리를 따라 밖으로 나왔다. 밖에는 개 네

마리가 기다리고 있었다.

눈이 쌓여 반짝거리는 좁은 시골길을 반 리 정도 걷자 길은 이윽고 산으로 접어들었다. 듬성듬성한 나무 사이에 쌓인 지 얼마 되지 않은 눈을 짚신으로 꾹꾹 누르며 몰이꾼들이 앞장섰다. 그들을 앞서거니 뒤서거니 하면서 개가 — 눈 반사광으로 털 색깔은 확연히 알 수 없었지만 그다지 대형견은 아니었다 — 샛길로 빠지더니 사방의 나무뿌리나 바위 냄새를 맡고 종종거리며 뛰어다녔다. 우리는 조금 뒤에서 한데 모여 선발대의 발자국을 밟으며 따라갔다. 당장에라도 옆에서 호랑이가 튀어나오지 않을까, 뒤에서 덮치면 어떻게 하지, 두근거리는 가슴을 부여잡고 나는 조대환과도 말을 섞지 않고 묵묵히 계속 걸었다. 산길로 접어들며 길이 점점 험해졌다. 나중에는 길이 아예 사라져서 솟아 나온 나무뿌리나 돌출된 돌부리를 밟고 올라가는 형국이었다. 추위도 심해졌다. 콧속이 얼어붙어 팽팽해졌다. 두건을 쓰고 귀에는 모피를 둘렀지만 그래도 귀가 찢어질 듯이 아팠다. 가끔 나뭇가지에 바람이 부딪혀

울릴 때마다 일일이 놀라며 고개를 들어보면 외로이 벌거벗은 나뭇가지 사이로 선명하게 빛나는 별이 보였다. 이렇게 산길을 세 시간쯤 걸었던 것 같다. 작은 산만 한 커다란 돌 언덕을 도는 바람에 제법 지칠 무렵, 작은 숲속 공터가 나왔다. 그러자 우리보다 조금 전에 도착해 있던 몰이꾼들이 우리를 보고 손짓했다. 모두 그쪽으로 달려갔다. 나도 깜짝 놀라 뒤처지지 않게 달려갔다. 그들 중 한 명이 가리키는 곳을 보니 눈 위에 아주 선명하게 지름이 일고여덟 마디 될 것 같은, 고양이 발자국과 비슷한 모양의 발자국이 찍혀 있었다. 발자국은 조금씩 간격을 두고 우리가 온 방향과는 직각으로 공터를 가로질러 숲에서 숲으로 이어져 있었다. 게다가 몰이꾼의 말을 조대환이 통역해주었는데, 이 발자국은 얼마 안 된 것이라고 했다. 조대환과 나는 극도의 흥분과 공포로 입을 열 수조차 없었다. 우리는 발자국을 따라 숲으로 들어가 일행 중 누구 하나 놓치지 않도록 주의하면서 앞으로 나아갔다. 잠시 후 발자국이 또 하나의 숲속 공터로 우리를 인도해주었을 때, 우리는 숲길 가장자리의 수많은 벌거숭이 나무 사이에 섞인 거대한 소나무 두 그루를 발견했다. 안내인들은 잠시 두 그루를 비교하더니 더 구불구불한 소나무에 올라가 등에 지고 온 막대기나 판자, 방석을 가지 사이에 걸어두고 금세 즉석에서 앉을 수 있는 자리를 만들어주었다. 지면에서 4미터 높이였던 것 같다. 그 안에 짚을 깔고 기다리는 것이다. 호랑이는 돌아갈 때 지났던 길을 반드시 지나간다고 한다. 그래서 소나무 가지 사이에서 기다리다가 호랑이가 돌아가는 길을 노려 잡자는 것이었다. 두껍고 구불구불한 세 줄기의 나뭇가지 사이에 마련된 공간은 의외로 넓어서 앞서 이야기했던 네 명 외에 두 명의 사냥꾼도 들어올 수 있었다. 그 위로 올라가고 나니 적어도 뒤에서 습격당할 걱정은 하지 않아도 되겠다 싶어서 마음이 놓였다. 모두 올라가자 몰이꾼들은 개를 데리고 각자 어깨에 총을 메고 횃불을 준비해 숲 어딘가로 사라졌다.

시간이 흘렀다. 새하얀 눈으로 지면은 매우 밝아 보였다. 우리의 눈 아래로는 50평 정도 되는 공터가 펼쳐져 있었고 주위에는 군데군데 나무가 자라 있었다. 잎이 떨어지지 않은 것은 우리가 올라와 있는 나무와 그 옆의 소나무 말고는 눈에 띄지 않았다. 그 벌거숭이 나무 기둥이 하얀 지상에 검게 교차되어 보였다. 가끔씩 세찬 바람이 불어오면 숲은 일제히 소란스러워졌고 바람이 떠나가면 그 소리도 멀리서 들려오는 바닷소리처럼 점점 희미해지며 차가운 하늘의 어딘가로 사라져버렸다. 소나무 가지와 잎 사이로 보이는 별은 우리를 위협하듯 날카롭게 빛나고 있었다.

그렇게 잠시 망을 보는 동안 조금 전에 느꼈던 공포감은 제법 사그라들었다. 대신 이번에는 사정없는 추위가 몰려왔다. 털 신발을 신은 발끝부터 추위인지 통증인지 모를 감각이 서서히 올라왔다. 어른들은 어른들끼리 계속해서 이야기를 나누고 있었는데 나로서는 가끔씩 들려오는 '호랑이'라는 조선말 외에는 무슨 소리인지 알 수 없었다. 나는 억지로라도 기운을 내보려고 캐러멜을 입에 가득 넣고 바들바들 떨면서 조대환과 수다를 떨기 시작했다. 조대환은 작년에 여기서 호랑이에게 습격당한 조선인 이야기를 해주었다. 호랑이의 앞발 일격으로 그 남자는 머리에서 턱까지 얼굴의 절반이 도려낸 듯이 파였다고 한다. 누가 봐도 아버지가 해줬을 것이 분명한 이야기를 조대환은 마치 자기가 눈앞에서 본 것처럼 흥분해서 이야기했다. 그 모습을 보고 있으면 마치 그런 참극이 당장에라도 눈앞에서 벌어지기를 바라는 듯했다. 실은 나도 그 이야기를 들으면서 나에게는 위험하지 않은 범위 내에서 그러한 사건이 일어나면 좋겠다는 식의 기대를 몰래 품고 있었다.

하지만 두 시간이 지나도 세 시간이 지나도 전혀 호랑이스러운 것의 기척조차 보이지 않았다. 이제 두 시간만 지나면 해가 뜰 것이다. 조대환 아버지에 따르면 이렇게 호랑이 사냥을 나와서 새로운 발자국을 발견하는 것 자체가 운이 좋은 편이고, 대체로 이삼일 동안 산기슭 농가에 머물러야 한다고 했다. 그 이야기를 듣고 나니 오늘 밤에는 호랑이가 나오지 않을 수도 있겠다 싶었다. 학교나 집 사정을 생각하면 더 머물 수 없는 나로서는 아무것도 보지 못하고 돌아가야 할 판국이었다. 그러면 조대환은 어떻게 하려나? 아버지와 함께 호랑이가 나올 때까지 이곳에서 며칠이고 남아 있을 생각일까? 혼자 돌아가기는 싫은데……. 그런 생각을 하고 있자니 깊은 밤 속의 긴장감도 조금씩 풀리기 시작했다.

그때 조대환이 가방에서 바나나를 꺼내어 내게도 나누어주었다. 차가운 바나나를 먹으면서 나는 재밌는 생각을 했다. 지금 생각하면 그저 우스운 이야기지만 당시의 나로서는 매우 진지하게 바나나 껍질을 밑에 뿌려두고 호랑이가 미끄러지게 하면 어떨까 생각했다. 물론 나도 호랑이가 바나나 껍질을 밟고 미끄러져서 쉽게 잡을 수 있다고 확신한 것은 아니었지만, 그럴 가능성이 아예 없는 일은 아니지 않을까 정도의 기대를 품었다. 그래서 다 먹은 바나나 껍질을 되도록 멀리, 호랑이가 지나갈 것이 분명한 방향으로 던졌다. 그 이야기를 하면 모두가 웃을 것 같아 조대환에게조차 말하지는 않았다.

바나나는 사라졌지만 호랑이는 여전히 나타나지

않았다. 기대한 만큼 실망하고 긴장도 점차 풀리면서 나는 살짝 졸고 말았다. 차가운 바람에 벌벌 떨면서도 꾸벅꾸벅 졸았다. 그러자 반대쪽에 있던 조대환의 아버지가 와서 내 어깨를 두드리더니 완벽하지 않은 일본어로 "호랑이보다 감기가 더 무섭단다."라고 웃으면서 주의를 주었다. 나는 미소로 답했다. 하지만 얼마 지나지 않아 졸음이 몰려왔던 것 같다. 그렇게 어느 정도 시간이 지났을까? 나는 꿈속에서 아까 조대환에게 들었던 이야기 속의 조선인이 호랑이에게 습격을 당하는 장면을 보았던 것 같다.

이 상황이 어떻게 벌어진 것인지, 멍청하게도 잘 모르겠다. 다만 공포에 질린 날카로운 비명이 귀를 파고들어 정신이 확 들었을 때 나는 보고 말았다. 눈앞에, 우리가 있는 소나무 가지로부터 30미터도 떨어지지 않은 곳에서 꿈에서 본 것과 똑같은 광경을 보았다. 한 마리의 검고 노란 맹수가 우리에게 옆모습을 보이며 눈밭 위에서 허리를 낮추고 자세를 취하고 있었다. 그 앞에는 5~6미터 정도 간격을 두고 몰이꾼으로 보이는 남자 하나가 옆에 총을 내던지고 양손을 뒤로 짚고 다리는 앞으로 뻗은 채 앉은 자세로 쓰러져 정신 나간 눈을 하고 호랑이 쪽을 보고만 있었다. 호랑이는 평소 많이들 상상하는 것처럼 발을 좁게 모으고 당장에라도 뛰어들 자세가 아니라 고양이가 물건을 갖고 놀듯이 오른쪽 앞발을 올리고 휘젓는 모습으로 앞으로 나설 듯 말 듯 하고 있었다. 나는 정신이 확 들면서도 아직 꿈속에 있는 기분으로 눈을 비비고 다시 한 번 보았다. 그 때였다. 내 귓가에 빵 하는 세찬 총성이 울렸고 추가로 빵, 빵, 빵 잇달아 세 발의 총성이 났다. 강렬한 화약 냄새가 코를 찔렀다. 전진하려던 호랑이는 그대로 입을 크게 벌리고 날뛰며 뒷발로 잠시 일어섰지만 바로 털썩 쓰러지고 말았다. 내가 눈을 뜨고 난 후 총성이 울리고, 호랑이가 일어서고, 다시 쓰러질 때까지 고작 10초 정도 사이에 이 모든 일이 일어났다. 나는 넋이 나간 채로 먼 곳에서 영화를 보는 기분으로 멍하니 바라보고만 있었다.

어른들은 바로 나무에서 내려갔다. 우리도 뒤따라 내려갔다. 눈 위의 맹수도, 그 앞에 쓰러져 있는 사람도 모두 움직임이 없다. 우리는 처음에는 막대기 끝으로 쓰러져 있는 호랑이 몸을 찔러보았다. 움직일 기색을 보이지 않아 겨우 마음을 놓고 모두 사체로 나가갔다. 주변 한 년에 쌓인 눈 위로 새빨간 피가 물들어 있었다. 얼굴을 옆으로 돌린 채 쓰러져 있는 호랑이의 몸집은 몸통만 해도 5척 이상은 되어 보였다. 그때는 이미 하늘도 밝아지고 주변 나뭇가지 끝 색깔도 어렴풋이 구분이 가능한 시점이어서 눈 위에 내던져진 황색에 검은 줄무늬는 뭐라 말로 할 수 없이 아름다웠다. 다만 등 쪽이 생각보다 검다는 게 의외였다. 나와 조대환은 얼굴을 마주보고 "휴!" 하고 한숨을 내쉬고 더 이상 위험 요소는 없다는 것을 알면서도 조심스럽게, 여태까지 어떤 두꺼운 가죽이라도 그 자리에서 갈기갈기 찢어버릴 수 있었던 날카로운 발톱과 집고양이와 아주 비슷한 흰 콧수염 따위를 살짝 만져보았다.

한편 쓰러진 사람은 극심한 공포에 질린 나머지

기절한 것일 뿐 상처는 조금도 입지 않았다. 나중에 이야기를 들어보니 남자는 역시나 몰이꾼이었다. 호랑이를 찾아다니다가 우리가 있는 곳으로 돌아왔는데 공터에서 잠시 소변을 보고 있을 때 홀연히 옆에서 호랑이가 나타났다고 한다.

나를 놀라게 한 것은 그 순간 조대환이 보인 태도였다. 그는 기절해서 쓰러져 있는 남자 옆으로 와서 그의 몸을 발로 마구 짖히면서 나에게 이렇게 말하는 것이었다.

— 쳇, 하나도 안 다쳤잖아!

그것은 결코 농담이 아니었다. 이 남자의 무사함을 너무나 아쉬워하는, 즉 그가 자신이 아까부터 기대했던 참극의 희생자가 되지 않은 것에 화를 내는 것처럼 들렸다. 옆에서 보고 있는 그의 아버지도 아들이 몰이꾼을 발로 차는 걸 제지하려 하지 않았다. 문득 나는 그 몸속에 흐르는 호족의 피를 본 듯했나. 조대환이 기절한 남자를 신경질적으로 내려다보는 눈과 눈 사이 언저리에 감돈 박정한 표정을 바라보며, 예전에 강독 시간에 읽었던 구절 중 '마무리가 아름답지 못할 상'이 이런 것을 가리키는 것이 아닐까 생각했다.

머지않아 총성을 듣고 다른 몰이꾼들도 모여들었다. 그들은 호랑이 다리를 두 개씩 묶어 그것을 누꺼운 봉에 걸어서 거꾸로 매달고 밝아진 산길을 내려갔다. 정류소까지 내려와 잠시 휴식을 취했다. 호랑이는 나중에 화물로 옮기기로 하고 그날 오전 기차를 타고 경성으로 돌아왔다. 기대에 비해 끝이 싱거워서 조금 아쉬웠지만, 특히 졸다가 호랑이가 나타나는 순간을 보지 못한 게 속상했지만 아무튼 나는 멋진 모험을 한 것에 만족하기로 하고 집에 돌아왔다.

일주일 정도 지나고 서대문에 사는 친척에게 거짓말이 들통나고 아버지로부터 무섭게 야단맞은 것은 말할 필요도 없다.

7.

이렇게 호랑이 사냥 이야기가 끝났다. 호랑이 사냥 이후 2년이 지나 발포 훈련의 밤이 있었고, 그로부터 얼마 되지 않아 조대환이 나와 친구들에게는 아무 말 없이 자취를 감춘 것은 앞에서 말한 대로다. 그 후로 최근 15~16년 동안 그와는 만난 적이 없다. 아니, 그렇게 말하면 거짓말이다. 실은 그를 만났다. 심지어 아주 최근에 있었던 일이다. 그렇기에 나도 이 이야기를 시작한 것이지만, 사실 이 만남이라는 것이 아주 기묘했기에 과연 만났다고 할 수 있을지 모르겠다. 상황은 이러했다.

사흘 전 정오가 조금 지난 시간에 친구가 부탁한 책을 찾으러 혼고本鄕 거리의 헌책방을 한 바퀴 둘러본 나는 눈의 피로를 느끼며 아카몬赤門에서 산초메三丁目로 걷고 있었다. 마침 점심시간이라 대학생과 고등학생 들이 줄지어 서서 길거리를 가득 채우고 있었다. 내가 산초메 근처 메밀국수집으로 가는 골목길까지 왔을 때, 인파 속에서 키가 크고 — 군중 속에서 유난히 머리 하나가 보일 정도였으니 제법 컸던 것 같다 ─ 마른 체형에 서른 살 정도 되어 보이는 로이드안경을 낀 남자가 가만히 서 있는 것이 눈길을 끌었다. 남자는 남들보다 키가 클 뿐 아니라 풍채가 주목을 받기에 충분했다. 빛이 바래 붉은빛을 띤 녹색 중절모를 뒤로 젖혀 쓰고 그 밑에 커다란 로이드안경 ─ 그것도 한쪽 다리가 없고 대신 끈을 달았다 ─ 을 빛내며, 얼룩투성이 목 닫이 옷은 단추가 두 개나 떨어져 있었다. 추레하고 긴 얼굴에는 허옇게 말라붙은 입술 주변에 드문드문 수염이 제멋대로 자라 있었다. 그것이 멍청해 보이는 인상을 주었지만 좁은 미간 주변에는 뭔가 방심할 수 없는 기운을 풍기고 있었다. 어찌 보면 시골 사람의 얼굴과 좀도둑 얼굴을 하나로 합쳐놓은 인상이었다. 걷고 있던 나는 약 7~8미터 전방에서 키가 너무 커서 남아도는 듯한 괴이한 풍채를 지닌 남자를 군중 속에서 발견하고 주의 깊게 보고 있었다. 상대방도 나를 보고 있었던 것 같았는데, 거의 2미터 정도 앞까지 가까워졌을 때 남자의 살짝 찡그린

미간에서 약간 표정이 풀어진 느낌을 받았다. 보이지 않을 정도로 미세한 표정이 얼굴 전체로 퍼져나간 것 같다고 느꼈을 때, 갑자기 그의 눈이(물론 미소 하나 없었지만) 나를 향해 옛 친구를 알아본 것처럼 깜박였다. 나는 깜짝 놀랐다. 황급히 앞뒤를 돌아보고 나서 그 윙크가 나를 향한 것임을 알았고 서둘러 기억 구석구석을 되짚기 시작했다. 그 순간에도 눈은 상대방에게 고정한 채 의심스러운 눈초리를 계속해서 보내고 있었다. 문득 마음속 구석진 곳에 확연하지는 않지만 뭔가 굉장히 오랫동안 잊고 지냈던 것을 발견한 듯한 느낌이 들었다. 그리고 정체를 알 수 없는 어떤 느낌이 점점 커져갔을 때 내 눈은 이미 그의 눈길에 답하기 위해 인사를 하고 있었다. 그 상황에서 이미 남자가 내 오랜 친구라는 점은 분명했다. 다만 그게 누구인지가 의문으로 남을 뿐이었다.

상대방은 내 눈인사를 보자마자 나도 자신을 알아봤다고 생각한 듯 내게로 걸어왔다. 하지만 딱히 이야기를 나누는 것도 아니고 미소를 주고받는 것도 아니고 그저 나와 나란히 서서 조용히 자기가 걸어온 길로 다시 걸었다. 나도 아무 말 않고 그가 누구인지를 계속 떠올리려 애썼다.

대여섯 걸음쯤 걸었을 때 남자는 잠긴 목소리로 — 내 기억 속 어디에도 그런 목소리는 없었다 — "담배 한 대만 줄래?"라고 말했다. 나는 주머니를 뒤져 반 정도 빈 담뱃갑을 내밀었다. 그는 그것을 받아 들어 반대쪽 손을 주머니에 꽂는가 싶더니 갑자기 이상한 얼굴로 그 담뱃갑을 바라보고 다시 내 얼굴을 보았다. 잠시 그렇게 멍청한 얼굴로 담배와 나를 번갈아 본 후, 그는 조용히 내가 건넨 담뱃갑을 그대로 돌려주었다. 나는 묵묵히 그것을 받아 들면서도 뭔가 여우에게 홀린 것 같은 석연치 않은 기분과 잠시 이상한 사람 취급을 받은 것 같은 짜증이 뒤섞인 기분으로 그의 얼굴을 올려다보았다. 그는 그때 처음 옅은 미소 같은 것을 입가에 띠며 혼잣말처럼 이런 말을 했다.

— 말로 기억하면 이런 착각을 자주 하게 되더라.

물론 나는 무슨 뜻인지 알 수 없었다. 그러더니 그가 아주 흥미로운 사건의 전말을 이야기하듯 빠른 어조로 기세 좋게 설명을 시작했다.

나에게 담배를 받아 들고 성냥을 꺼내려고 오른손을 주머니에 넣었을 때 그는 그 속에 담뱃갑이 있음을 깨달았다고 했다. 그때 그는 깜짝 놀랐다. 자기가 찾던 것이 담배가 아니라 성냥이라는 사실을 그제야 안 것이다. 그는 자기가 왜 이런 멍청한 실수를 했는지 생각해봤다. 단순한 착각이라면 그걸로 끝이지만, 그 착각은 어디서 온 것일까? 여러 가지로 생각한 끝에 그는 이렇게 결론지었다. 즉, 그의 기억이 하나하나 말로 쌓였기 때문이라고. 그는 처음 성냥이 없다는 걸 알았을 때 누군가를 만나면 성냥을 빌려야지 생각하고 그 생각을 말로 바꿔 '나는 누군가에게 성냥을 빌려야 한다'는 말을 기억에 넣어두었다. 성냥을 정말 필요로 하는 실질적인 마음으로, 전신적 요구의 감각 ─ 이상한 말이지만 "지금 같은 경우에는 이렇게 말하면 이해가 갈 거야."라고 그는 덧붙였다 ─ 으로 기억에 저장해두지 않았다. 그것이 실수의 원인이었다. 감각이나 감정이라면 희미해지는 일은 있어도 혼동하는 경우는 없을 텐데, 말이나 문자의 기억은 정확하기는커녕 자칫하면 말도 안 되는 다른 것으로 둔갑하는 경우가 있다. 그의 기억에서 '성냥'이라는 말 혹은 문자는 어느새 관련성 있는 '담배'라는 말 혹은 문자로 치환되고 말았다. 그는 이렇게 설명했다. 마치 이 발견이 너무 재밌어 죽겠다는 말투로, 그리고 마지막으로 이런 습관은 모두 개념만으로 만물을 생각하는 지식인의 폐해라는 생각지도 못한 결론까지 덧붙였다. 사실 그때 나는 그가 아주 흥미로워하는 설명에 그다지 귀를 기울이지 않았다. 그저 조급하고 빠른 말투를 들으며 틀림없이 (목소리는 다를지언정) 내 기억 속 어딘가에 있는 말투이겠다 싶어서 끊임없이 그가 누구인지를 떠올리려 했다. 하지만 아주 선명한 글자가 좀처럼 떠오르지 않을 때처럼 이미 알고 있는 것 같은데도 소용돌이 바깥에서 휩쓸리는 먼지처럼 빙글빙글 문제 주변을 돌기만 할 뿐 좀처럼 중심에 파고들 수 없었다.

그러다 우리는 혼고 산초메 정류장까지 왔다. 그가 거기서 멈춰 섰기에 나도 따라 섰다. 그는 여기서 전차를 타려나 보다 싶었다. 우리는 나란히 선 채로 무심코 눈앞에 보이는 약국 창문을 바라보고 있었다. 그는 거기서 뭔가 발견한 듯 성큼성큼 창문 앞으로 걸어갔다. 나도 그를 쫓아가 들여다봤다. 그것은 새롭게 출시된 성 기구 광고였는데 견본품 같은 것이 검은 천 위에 진열되어 있었다. 그는 그 앞에 서서 미소 띤 얼굴로 잠시 그걸 들여다보았다. 나는 그의 모습을 옆에서 지켜봤다. 그때, 그의 히죽거리는 미소를 보는 순간 나는 완벽하게 떠올렸다. 지금까지 머릿속에서 소용돌이의 외연을 먼지처럼 빙글빙글 겉돌던 기억이 갑자기 소용돌이의 중심으로 뛰어든 것이다. 아이러니하게도 입술을 삐죽거리던 옅은 웃음, 안경을 쓰고 있으나 그 안에 들여다보이는 가느다란 눈, 선량함과 시기, 의심이 뒤섞인 눈빛. 아아, 그가 아니면 누구란 말인가! 호랑이에게 죽을 뻔한 몰이꾼을 발로 뒤적이며 짜증 섞인 표정으로 내려다보던 그가 아니라면 누구일 수 있단 말인가. 그 순간 호랑이 사냥과 열대어, 발포 훈련을 한꺼번에 정신없이 떠올리며 이 사람이 그라는 사실을 알기까지 왜 이렇게 오랜 시간이 걸렸는지 스스로가 한심할 지경이었다. 나는 때늦은 반가움으로 뒤에서 그의 어깨를 두드리려 했다. 그때 마사초真砂町 방변에서 온 전차 한 대가 성류소에 섰다. 그는 그것을 보고 내 손이 아직 그의 높은 어깨에 닿기도 전에, 내 움직임을 전혀 눈치채지 못하고 서둘러 몸을 돌려 전차 쪽으로 달려갔다. 그리고 훌쩍 올라타더니 창문 너머로 나를 향해 오른손을 한 번 흔들어 인사를 하고 그대로 긴 몸을 접어 차 안으로 들어갔다. 전차는 바로 출발했다. 그리하여 나는 십 몇 년 만에 만난 내 친구 조대환을, 말 한마디 듣지도 못한 채 다시 엄청난 도쿄의 인파 속에 그의 모습을 놓치고 말았다.

순사가 있는 풍경

― 1923년의 스케치 하나

1929

巡査の居る風景

－1923年の一つのスケッチ

1.

돌바닥에 꽁꽁 언 고양이 사체가 석화처럼 들러붙어 있다. 그 위로 빨간색 군밤집 광고가 바람에 찢겨 펄럭거리며 날아갔다.

길모퉁이에는 포장마차가 대여섯 군데 모여 열심히 하얀 김을 뿜어내고 있다. 딱딱하게 굳어버린 검붉은 가슴을 더러워진 두루마기 위로 내놓은 여자가 그 앞에 서서 김을 맞으며 새빨갛게 고춧가루를 뿌린 우동을 먹고 있었다.

경찰서에서 나와 집으로 가려던 순사 조교영은 전차를 기다리며 그 광경을 멍하니 바라보고 있었다. 연두색 옷을 입은 중국인 두 명이 멜대를 지고 그의 앞을 서둘러 지나갔다. 그들의 바구니에는 팔고 남은 무가 하얗게 빛나고 있었다. 슬슬 밀물처럼 사람들이 나오기 시작할 무렵이었다. 얇게 얼어

붉은 저녁 하늘 아래, 성당 종소리가 싸늘하게 울려 퍼졌다.

조교영은 추운 듯 코를 훌쩍이고 목을 움츠리고는 제복 목깃을 고쳐 세우고 전선의 푸르스름한 불꽃을 올려다보았다. 전차가 지나가고 키 큰 남자가 선로 위를 성큼 건너왔다. 경찰서 과장이었다. 그가 정중하게 경례하자 남자도 여유 있게 손을 살짝 올리고 또다시 인파 속으로 섞여 들어갔다.

직업 때문에 무료로 전차를 탈 수 있는 그는 언제나처럼 운전석 쪽에 서서 양손을 바지 주머니에 넣은 채 유리문에 기댔다. 그는 전차에 탈 때마다 늘 일본인 중학생 하나를 떠올렸다. 어느 여름날 아침이었다. 출근길에 그가 언제나처럼 전차 운전석 쪽에 서 있는데 학교에 가던 중학생이 올라탔다. 시원한 바람이 쐬고 싶었는지 중학생은 운전석 옆에 선채 안으로 들어가지 않았다. 하지만 원래 서 있을 만한 곳이 아니었고 운전에 방해가 될 수도 있어서 운전수는 중학생에게 안으로 들어가라고 말했다. 그런데 그는 거만한 자세로 운전수에게 덤벼들었다.

"이봐요, 이 사람은요!" 하고 중학생은 그곳에 서 있던 순사, 즉 조교영을 손가락으로 가리키며 "이 사람을 들여보낼 게 아니라면 나도 여기 있을래요."(물론 운전수도 조선인이었기에 이런 태도였을 것이다)라고 말하며, 당황한 운선수와 그의 얼굴을 흥미롭게 번갈아보며 계속 서 있었다. 그는 지금도 그 중학생의 눈빛을 떠올리면 기분이 좋지 않았다.

전차 안은 붐볐다. 스케이트를 들고 있는 학생, 코가 새빨개진 회사원처럼 보이는 남자, 장에서 산 것들을 품에 안고 있는 아주머니, 아이를 업은 어머니, 두꺼운 갈색 모피를 옷깃에 넣은 양반들.

잠시 후 갑자기 안쪽에서 다투는 소리가 들려왔다. 승객들의 시선은 일제히 그쪽을 향했다. 조잡한 차림새를 하고 앉아 있는 일본인 여자와 그 앞에 손잡이를 붙잡고 서 있는 하얀 조선 옷 차림의 청년이 말싸움을 하고 있었다.

— 생각해서 앉으라고 친절하게 말해줬더니!

여자는 불만을 터뜨렸다.

— 근데 여보°라니, 여보가 뭡니까?
— 그래서 여보에 상을 붙였잖아요.
— 결국 똑같은 소리인 걸 몰라요?
— 내가 언제 여보랬어? 여보 상이라 그랬지.

여자는 아무것도 모르는 듯하다. 그래서 도통 이해되지 않는다는 얼굴로 다른 사람들의 도움을 받으려는 듯 주위를 둘러보면서,

— 여보 상, 자리가 비었으니까 앉으세요, 하고 친절하게 말해줬는데 왜 화를 내고 난리야?

차내 여기저기에서 실소가 터져 나왔다. 청년은 포기한 듯 입을 다물고 무식한 여자를 노려보았다.

○ 당시 차별의 의미로 조선인을 부를 때 '여보'라고 했다.

교영은 또 울적해졌다. 저 청년은 왜 저런 논쟁을 벌이는 걸까. 이 온건한 항의자는 왜 자신이 타인이라는 것을 저렇게 영광스럽게 생각하는 걸까. 왜 내가 나라는 것을 수치스러워 해야 하는 걸까. 그는 같은 날 오후에 있었던 사건을 떠올렸다.

그날 오후, 경성부회 의원의 선거 연설을 감시하려고 그는 같은 서에 근무하는 다카기라는 일본인 순사와 선거 유세가 있었던 어느 유치원에 나갔다. 몇 명인가 일본인 후보의 연설에 이어 단 한 명뿐인 조선인 후보의 연설이 시작되었다. 상공회의소 소장도 맡은 적이 있어서 일본인 사이에서도 상당히 신망이 두터운 후보자는 유창한 일본어로 자신의 포부를 설명했다. 한창 진행되던 중 제일 앞에 앉아 있던 청중 한 명이 자리에서 일어나 "닥쳐, 여보 주제에!" 하고 소리쳤다. 스무 살도 안 되어 보이고 지저분한 차림을 한 애송이였다. 다카기 순사는 그놈의 멱살을 붙잡고 회장 밖으로 끌어냈다. 후보는 더욱더 소리 높여 외쳤다.

― 저는 지금 굉장히 유감스러운 말을 들었습니다. 하지만 저는 우리 또한 영광스러운 일본인이라는 점을 늘 믿고 있습니다.

그러자 장내 한쪽에서 열렬한 박수가 일었다.

그는 문득 그 사건을 떠올렸다. 그리고 그 후보를 청년과 비교했다. 그리고 한 번 더 일본이라는 나라를 생각했다. 조선이라는 민족을 생각했다. 자기 자신을 생각했다. 게다가 자신의 직업, 지금 돌아갈 곳에 있는 아내와 아이를 떠올렸다.

사실 최근 들어 그의 마음은 '뭔가 물건을 잃어버렸을 때 느끼는' 것 같은, 이유 없이 안절부절못하는 상태였다. 완수할 수 없는 의무가 주는 압박감이 언제나 머리 한구석에 묵직하게 자리 잡은 듯했다. 하지만 그 묵직한 압력이 어디에서 오는 것인지 따져볼 생각은 없었다. 아니, 두려웠다. 스스로 자신을 각성하는 게 두려웠다. 스스로 자신을 자극하는 게 무서웠다.

그렇다면 왜 무서운 거지? 어째서?

그 대답으로 그는 창백한 얼굴을 한 처자식을 떠올렸다. 그가 직업을 잃는다면 가족은 어떻게 되는가. 하지만 '그렇군. 그건 그럴 만해. 하지만 그것뿐이야? 공포의 원인이 그것뿐이야?'라고 묻는다면…….

그는 섬뜩한 마음에 목을 움츠리고 서둘러 유리창 너머 거리에서 흔들리는 등불과 그 속에서 헤엄치는 혼잡스러움을 바라보았다. 석간 종소리, 자동차 경적, 얼어붙은 도로를 비추는 밝은 등불, 그 위를 지나가는 모피 무리, 어두운 길모퉁이에 우두커니 서 있는 지게꾼, 소가 없는 비료 차, 쓰레기 차…….

조교영은 창경원 앞에 이르러 전차에서 내렸다.

골목에서는 아세틸렌 램프 불빛이 들어오며 폐병을 앓는 점쟁이 얼굴이 어둠 속에서 드러났다. 헌책방 앞에서 손을 바들바들 떨면서 노인이 소리 내어 글을 읽고 있었다.

모퉁이를 하나 돌았을 때 반대편에서 오던 남자

가 인사를 했다. 그도 일단 똑같이 머리를 숙이고 보니 족제비 털외투를 입은 훌륭한 신사였다.

"한 가지 여쭙고 싶은데요." 하고 그 사람은 아주 정중한 말투로, 총독부 고관인 ××씨의 주소를 물어왔다(××씨에게 가는 거라면 이 사람도 고관일 수 있다). 신사에게 그런 정중한 말을 들어본 적이 없는 조교영은 조금 당황하면서 ××씨 주소를 알려주었다. 신사는 대답을 듣고 다시 정중히 고개를 숙이고 가르쳐준 방향으로 길을 꺾었다.

그때였다. 그는 한 가지 커다란 발견을 하고 놀라고 말았다.

— 나는, 나는 지금 나도 모르는 사이에 기뻐하고 있었던 게 아닌가?

그는 흠칫하며 자기 자신에게 물어보았다.

— 저 일본 신사가 정중한 대우를 해준 것 때문에 지극히 잠시였지만 기뻐했어. 마치 아이가 조금

이라도 어른 대접을 받으면 방방 뛰는 것처럼, 나도 지금 무의식중에 기뻐했어.

나는 이제 아까 그 청년을 비웃을 수 없고, 의원 후보에 대해서도 할 말이 없다.

— 이건 혼자만의 문제가 아니다. 우리 민족은 옛날부터 이런 성질을 갖게끔 역사적으로 훈련받아 온 게 아닐까.

문득 옆을 보니 한 남자가 길가에 쭈그려 앉아 소 변을 보고 있었다. 그는 문득 '서서 소변보는 법'을 모르는 이 나라 사람들의 풍습을 생각했다.

— 이 사소한 습관 속에 영원히 비굴해질 수밖에 없는 우리들의 정신이 감춰진 것인지도 몰라.

그는 무심코 그런 생각을 해봤다.

2.

구릿빛 태양은 얼어붙은 12월의 궤도를 지나 추위에 떨며 벌겋게 벗겨진 산 위로 떨어졌다. 북한산은 잿빛 하늘에 창백하게 톱 모양으로 얼어붙은 듯 보인다. 산 정상에서 바람이 빛처럼 날아와서 매섭게 사람들의 뺨을 할퀴었다. 뼈가 으스러질 것같이 추웠다.

매일 아침 추위로 쓰러져 죽은 사람들이 남대문 아래에서 발견되었다. 그들 중 몇몇은 손을 뻗어 남대문 외벽에 말라붙은 솔개 둥지의 지푸라기를 붙들고 죽었다.

또 누구는 보라색 반점이 돋은 얼굴을 젖히고 졸린 듯 쓰러져 있었다.

얼어붙은 한강에서는 노인들이 얼음에 구멍을 뚫고 긴 담뱃대로 연기를 뿜으면서 추위에 떨며 잉어를 찔러댔다. 강변 숲에서는 가난한 사람들이 온돌에 지필 장작을 잇달아 훔쳐갔다. 푸르스름한 산처럼 얼음을 가득 싣고 가는 소의 턱 밑에는 침이

고드름처럼 매달려 있었다.

눈은 별로 내리지 않았다. 길은 꽁꽁 굳어버렸다. 그 길을 여러 종류의 다리가 미끄러지고 넘어지며 걸어 다녔다.

조선인의 배 모양 나막신, 일본인 아가씨의 반들반들한 싶신, 중국인의 곰발 같은 털신, 금방이라도 넘어질 것 같은 일본 서생의 일본풍 나막신, 광을 낸 조선 귀족 학생의 구두, 원산에서 도망쳐 온 하얀 러시아인의 굽 높은 빨간 구두, 그리고 발가락이 튀어나오는 지게꾼의 누더기 신발, 드물게 보이는 앉은뱅이 거지의 무릎 밑이 잘려나간 넓적다리. 그 다리들은 추위 탓에 길거리에서 벌겋게 부어올라 있었다.

1923년. 겨울이 더럽게 얼어붙었다.

모든 것이 더러웠다. 더러운 채로 얼어붙어 있었다. 특히나 S문 바깥 골목길은 상태가 심각했다.

중국인들의 아편과 마늘 냄새, 조선인의 싸구려 담배와 고춧가루가 뒤섞인 냄새, 빈대와 이가 찌부

러진 냄새, 거리에 버려진 돼지 내장과 고양이 가죽 냄새, 그런 것들이 악취를 품은 채 주변에 얼어붙은 것처럼 느껴졌다.

그럼에도 아침이 되면 조금은 공기도 맑아졌다. 밤이 밝아지면서 시든 아카시아 가지에 앉은 까치가 울기 시작할 즈음이면 조금은 깨끗한 공기를 마실 수 있었다. 언제나 이 시간이 되면 이 골목길에서 수많은 남자들이 흐리멍덩한 모습으로, 하지만 매우 추운 듯 손을 비벼대면서 집으로 돌아갔다.

이곳에는 여러 여자가 모여 살았다. 김동련도 그중 한 명이었다. 그녀는 아직 신참이라 친구가 없었다. 사이좋은 것은 복미라는 여자뿐이었다. 성은 아무도 몰랐다. 그곳에 있는 여자들은 모두 새파랗지만 복미는 유난히도 얼굴이 창백했다.

"저 사람은 제법 대단한 여자야." 하고 복미에 대해 옆집 할머니가 여자들에게 말해주었다. 하지만 어떻게 대단한 건지는 아무도 몰랐고 그녀도 더 이야기하려 들지 않았다. 그리고 매일 4시쯤이 되면

소매를 걷어붙이고 주사를 놨다.

동련은 왜 이 여자가 그렇게 돈을 버는지 의아해했고, 어느 날엔가 물어보았다. 그러자 그녀는 슬픈 미소를 지으며 말했다.

— 넌 아직 신참이니까, 어찌 나처럼 돈을 벌겠어.

3.

한강 인도교 위를 탱크가 덜컹덜컹 기세 좋게 달려갔다. 영등포 모래밭 위로 용산 사단 병사들의 검 끝이 푸른얼음 빛을 투영하여 겨울날에 걸맞게 차갑게 빛났다. 매일 밤마다 훈련 야영지가 모래밭에 마련되어 모닥불이 벌겋게 타올랐다.

노루를 짊어진 학생 한 무리가 거리를 지나 달려갔다. 쇼윈도 안에서는 지하여장군 흙 인형의 붉은 얼굴이 묵직하게 웃고 있다. 절반 이상 완성된 조선

신사°에서 들려오는 망치질 소리가 건조한 하늘 아래에서 드높이 울려댔다.

고등보통학교 교정에서는 일본에서 새롭게 부임한 교장이 근엄하게 순종의 덕을 설파하고 있었다(지금까지 있었던 일본 중학교에서 그가 교칙으로 독립자존 정신을 설파한 것을 조금 겸연쩍게 생각하면서).

보통학교의 일본 역사 시간에 젊은 교사는 조금 곤란해 하면서 조심스레 임진왜란에 대해 설명했다.

― 그리하여 히데요시는 조선을 공격했습니다.

하지만 어린이들 사이에서는 마치 다른 나라 이야기인 듯 굼뜬 메아리가 몇 번이고 되돌아올 뿐이었다.

― 그리하여 히데요시는 조선을 공격했습니다.
― 그리하여 히데요시는 조선을 공격했습니다.

○   일제가 1925년에 남산 중턱에 건립한 신사. 패전 후 소각.

＊＊

그날 오후는 차갑고 맑았다.

말라비틀어진 갈색 가시만 남은 아카시아 나무
가 북풍 속에서 울며 흔들렸다.

남대문역 앞에는 군중이 바람을 맞으며 줄지어
서 있었다. 그들은 하나같이 역 입구를 주목하고 있
었다. 자동차가 기세 좋게 하차 지점으로 달려가 마
중 역할을 맡은 고관들을 토해냈다.

— 총독님이 돌아오신대.
— 총독님이 도쿄에서 돌아오셨대.

경관들은 허리춤의 칼을 철컹거리며 엄중하게 주
변을 경계했다. 조교영도 그들 속에 섞여 사람들 등
뒤에서 주변을 감시했다. 그는 바람에 날려 오는 신
문지를 바닥이 찢어진 구두로 짓밟으며 언젠가 본
적이 있는 총독의 흰머리와 동안을 떠올렸다. 이 총
독은 지금까지의 총독들과 마찬가지로 군인 출신이

었으나 누구보다도 평판이 좋은 것 같았다. 조선인 중에도 감복하는 자들이 제법 있었다. 하지만…….

이때 두꺼운 검은색 외투를 두른 살집 있는 총독의 친근한 동안이 하차 지점에 등장했다. 마중을 나온 공무원들이 일제히 기계처럼 고개를 숙였다. 총독은 여유롭게 인사를 받으며 준비된 자동차에 올라탔다. 곧이어 매우 마르고 빈약해 보이는 정무총감도 다음 차에 올라탔다. 곧바로 두 차량은 세브란스 병원 모퉁이에서 남대문 쪽으로 이동했다.

그때였다. 갑자기 군중 속에서 하얀 옷에 헌팅캡을 쓴 남자가 달려 나와 곧바로 총을 쥔 손을 뻗어 앞 차를 노리고 방아쇠를 당겼다. 탄환은 나가지 않았다. 남자는 당황해서 두 번째 방아쇠를 당겼다.

이번에는 엄청난 굉음과 함께 탄환이 뒤를 따르던 차량의 유리창을 깨고 사선으로 차 안을 가로질러 작렬했다. 놀란 두 대의 차량은 급히 속력을 높이고 질주해 갔다.

순간 군중은 넋이 나가 이 상황을 바라보고 있었다. 경관들은 본능적으로 괴한 주변으로 몰려들었다. 그러나 괴한은 아직 총을 들고 있다. 괴한과 경관은 서로 노려보았다. 괴한은 스물 네다섯 살 남짓 되어 보이는 마른 체형의 청년이었다. 그도 총을 꽉 쥔 채 충혈된 눈으로 잠시 경관들을 노려봤다. 그러다 갑자기 모자를 벗어 돌바닥에 있는 힘껏 내동댕이치더니 자포자기한 듯 껄껄 웃고는 갑사기 손에 쥔 무기를 군중 속으로 내던졌다. 사람들은 우르르 물러났다. 경관들도 순간 깜짝 놀라 몸을 사렸다가 내던진 총을 보고는 달려들어 괴한을 제압했다. 그는 조금도 저항하지 않았다. 핏기가 가시고 미세하게 떨려오는 입가에 경멸을 담은 미소를 띠운 채 그는 경관들을 바라보았다. 창백한 이마에는 헝클어진 머리카락이 길게 내려왔다. 그의 눈에는 이미 당황과 흥분의 흔적이 사라지고 절망에 가까운 침착함과 연민의 조소가 담겨 있을 뿐이었다.

그의 팔을 붙잡고 있던 조교영은 그 눈빛을 보고 있기가 너무 힘들었다. 범인의 눈은 너무나도 분명하게 말하고 있었다. 교영은 평상시에 느끼는 그 압박감이 스무 배는 되는 무게로 자기 자신을 짓누르는 것을 느꼈다.

　체포당한 것은 누구인가?

　체포한 것은 누구인가?

　4.

　호객하는 여자가 네다섯 명, 분칠이 벗어진 얼굴
을 바들바들 떨면서 골목길 벽에 기대어 있다. 굴절
되는 가로등 빛 속에서 토관 그림자가 묵묵히 죄인
들처럼 나란히 서 있었다.

　— 잠깐 들렀다 가면 어때요?

　— 안 돼, 안 돼.

　남자는 바지 주머니에 손을 넣은 채 흔들어 보이
고는 웃었다. 털실 두건을 모자 위로 뒤집어쓴 청년
의 얼굴이 빠른 걸음으로 가로등 빛에서 사라졌다.
사람들의 발길이 끊기자 쥐 죽은 듯 조용해진 공기

속 어디선가 벽이 부서지는 소리가 울려 퍼졌다.

***

— 나? 별거 있겠나. 남편이 죽고 갈 곳이 없으니 일을 해야지 뭐.

— 남편은 뭐 했어?

— 종로에서 모피 팔았어.

매춘부 김동련의 방에서는 직공으로 보이는 하얀 피부의 남자가 온돌 장판 위에 깐 얇고 더러운 이불 밑에 발을 밀어 넣은 채 이야기하고 있었다.

— 그래서 언제 죽었는데?

— 지난가을에. 너무 갑자기 갔어.

— 왜? 병으로?

— 병도 뭣도 아니고 지진. 지진으로 덜컥 갔어.

남자가 손을 뻗어 술병을 집어 들고 한 모금 마

셨다.

— 그러면 뭐야, 남편은 그때 일본에 있었던 거
야?
— 응, 여름에. 뭐 작은 장사할 게 있다고 친구랑
같이, 심지어 금방 돌아온다고 도쿄로 갔는데, 그러
고는 바로 그렇게 되어서. 그리고 영영 돌아오지 못
했지.

남자는 갑자기 흠칫하더니 눈을 들어 그녀의 얼
굴을 바라보았다. 그리고 잠시 침묵한 뒤 날카롭게
말을 꺼냈다.

— 그건 그러면, 아무것도 모른다는 이야기군.
— 응? 뭐를?
— 네 남편은 분명…… 가엾게도.

한 시간 후, 동련은 홀로 얇은 이불을 뒤집어쓰고
어둠 속에서 울고 있었다. 그녀의 눈앞에는 오들오

들 떨며 이리저리 도망 다니는 남편의 피에 젖고 불
에 비친 얼굴이 아른거렸다.

— 너무 떠들고 다니지 마. 무서운 세상이니까.

떠날 때 남자가 했던 말도 머릿속 어딘가에서 어
렴풋하게 떠올랐다.

몇 시간 후, 겨우 밤이 끝난 잿빛 도로를 동련은
미친 사람처럼 뛰어다녔다. 그리고 지나가는 사람
들에게 소리쳤다.

— 다들 알고 있어요? 지진 때 무슨 일이 있었는
지?

그녀는 큰 소리로 어젯밤 들은 이야기를 사람들
에게 들려주었다. 동련은 머리를 산발하고, 충혈된
눈으로, 이 추위에 잠옷 한 장만 걸치고 있었다. 지
나가는 사람들은 그 모습에 놀라 그녀 주위로 몰려

들었다.

— 그래서 저놈들은 모두 사실을 숨기고 있는 거예요. 나쁜 놈들.

이윽고 순사가 와서 그녀를 붙잡았다.

— 어이, 조용히 해, 조용히.

그녀는 순사를 물어뜯을 듯이 달려들었다가 급격히 슬픔이 밀려와 눈물을 뚝뚝 흘리면서 소리쳤다.

— 뭐야, 네놈들도 다 같은 조선인이잖아, 네놈도, 네놈도!!

그녀가 형무소에 들어가고 나서도 S문 바깥 골목에서는 변함없이 깜깜한 생활이 썩어 문드러진 상태로 지속되었다.

춥다기보다는 아팠다. 몸속에서 심장 외의 모든

것이 얼어 죽은 것 같은 기분이었다. 길가에 버려진 생선 아가미가 붉게 부스러졌고 그늘에 쌓인 눈 위에 적나라한 돼지머리가 좀먹어 있었다. 실내에 있는 사람들은 도랑에서 올라오는 가스 냄새 같은 부추와 마늘이 부패한 공기를 불건전한 폐로 마시고 뱉으며 힘겹게 살아갔다.

모든 것이 변하지 않았다.

매일 4시 언저리가 되면 동련의 친구 복미가 언제나처럼 새파란 팔을 걷어붙이고 주사를 놨다. 그녀는 그때만 어딘가로 사라진 동련을 희미하게 떠올리곤 했다. 밤이 오면 늘 넝마를 걸친 젊은 일본인이 바이올린으로 기름칠이 안 된 바퀴가 삐거덕거리는 듯한 소리를 내며 지나갔다.

새벽이 되면 아직 어둠이 깔린 가운데 자주 이곳에 들르는 키 큰 중국인이 골목길에서 나왔다.

— 무서운 별이로군.

그는 아직 어둑어둑한 하늘을 올려다보며 말했

다. 그리고 주머니에 손을 꽂고 돈을 찾았다.

— 음, 무서운 별이야.

의미 없이 다시 한 번 되풀이하고 그는 다시 얼어 붙은 거리로 터벅터벅 구두 소리를 내며, 비틀거리며 집으로 돌아갔다.

5.

조교영은 멍하니 어두운 구 미국 영사관 앞을 걸었다. 그는 무심코 어젯밤 일을 생각했다.

어젯밤 집에 돌아가고 나서 급히 서장에게 호출이 왔다. 서둘러 경찰서로 가서 조심스레 서장실로 기어들어 갔다. 서장은 아무 말 없이 그에게 한 장의 종이와 일당에 해당하는 급여 봉투를 건넸다. 하아, 올 것이 오고야 말았구나 싶었다. 사오일 전에

휘문고등보통학교 학생과 K중학교° 학생이 집단으로 싸움을 했다. 그 징계 문제를 두고 그는 과장과 조금 언쟁을 벌였다.

그는 잠자코 종이 쪼가리를 받아 들고 밖으로 나왔다. 그리고 (집에 가지 않고) 등불 사이를 잠시 방황하다가 그 돈을 손에 쥔 채 비틀거리며 S문 밖 사창가로 들어갔다. 그리고 오늘 밤 지금이 되어서야 겨우 나온 것이었다.

그것이 먼 옛날 일처럼 느껴졌다.

희미한 안개가 낮게 끼어 있었다. 가로등 빛이 가로수 사이를 통과하여 줄무늬처럼 도로 위에 떨어졌다.

— 도대체 어쩌라는 건지.

그는 탁해진 머리로 무슨 남 일 생각하듯 생각했다.

— 식구들은 어쩌면 좋지.

○ 경성중학교. 일본인 학교.

처자식의 창백한 얼굴이 눈앞에 아른거렸다.

문득 그는 그가 알고 있는 뒷골목의 이층집 방 하나를 떠올렸다.

그곳에는 조잡한 의자가 대여섯 개, 직접 만든 테이블이 하나 있다. 테이블에는 촛불이 두 개 켜져 있다. 불빛이 그곳에 모여든 동지들의 얼굴을 희미하게 비춘다. 벌게진 얼굴로 탁자를 내려치는 사람, 머리를 쥐어뜯으며 생각하는 사람, 조용히 종이에 연필로 끼적이는 사람. 모두가 희망찬 앞날을 그리며 불타올랐다. 이윽고 그들 사이에서 조용히 오고 가던 내용이 새어 나온다.

— 경성 – 상하이 – 도쿄.

— …….

— …….

그는 멍하니 이런 모습을 그려보았다. 그리고 자신의 비참한 모습을 그것과 비교했다.

― 어떻게든 해야 해. 어떻게든.

교영이 정신을 차리고 보니 어느새 식산은행° 옆에 와 있었다. 차갑게 문이 닫힌 거대한 석조건축 기둥 그늘에는 지게꾼들이 지게를 옆에 내버려둔 채 돌멩이처럼 자고 있었다. "이보세, 이보세." 그는 담배 냄새가 지독한 그들 사이로 파고들어 한 명을 흔들어 깨우려 했다. "……." 무슨 소리인지 알 수 없는 소리를 하면서 지게꾼은 비몽사몽 중에 기름이 가득 낀 눈을 잠시 뜨더니 바로 감아버렸다. 시끄럽다는 듯 바짝 마른 손을 움직여 교영의 손을 치워버리고 몸을 뒤척이니 백선으로 뒤덮인 그의 입에서 긴 담배 파이프가 툭 하고 떨어졌다.

― 너는, 네놈들은…….

갑자기 알 수 없는 묘한 감정이 북받쳐 올랐다. 그는 몸을 부르르 떨고 지게꾼들의 누더기 속에 고

○ 현 산업은행.

개를 파묻고 울기 시작했다.

　　― 네놈들은, 네놈들은…… 이 나라는…… 이 민

족은…….

문자 사변

1942

文字禍

문자 정령이라는 것이 정말 있을까?

아시리아인은 셀 수 없이 많은 정령을 안다. 밤을 뒤덮은 암흑 속을 뛰어다니는 릴루, 릴루를 여성화하여 부르는 릴리트, 역병을 퍼뜨리는 남타르, 죽은 자의 정령 에딤무, 유괴자 라바스 등 수많은 악령이 아시리아 하늘을 가득 채웠다. 그러나 문자 정령에 관해서는 누구도 들어본 적이 없었다.

아슈르바니팔 왕이 치세하고 20년이 지난 어느 날, 니네베 왕궁에 이상한 소문이 돌았다. 매일 밤 칠흑처럼 어두운 도서관에서 소곤소곤 괴이한 소리가 들린다는 소문이었다. 왕의 형 샤마쉬 슘 우킨의 반란이 바빌론 성 함락으로 인해 겨우 진정된 직후에 떠돈 소문이었기 때문에, 또 다른 불온 세력이 꾸미는 음모를 염두에 두고 조사에 나섰으나 그럴싸한 단서는 없었다. 아무리 봐도 어떤 정령들이 이야기를 나누는 소리임이 분명했다. 얼마 전 왕이 지켜

보는 앞에서 처형된 바빌론 포로들이 유령이 되어 떠드는 것이라는 소문도 있었지만, 사실이 아니라는 것을 모두가 안다. 천 명이 넘는 바빌론 포로들은 모두 혀를 뽑히고 목숨을 잃었는데, 그 혀를 모아 놓으니 작은 산이 생겼다는 이야기를 모르는 사람이 없었다. 혀가 없는 유령이 어떻게 말을 한다는 것인가?

별자리나 양 간을 이용한 점괘로 아무 의미 없는 탐색을 거친 후, 아무리 생각해봐도 서적이나 문자가 나누는 이야기 소리라고 판단할 수밖에 없는 지경에 이르렀다. 다만 문자 정령이(있다고 치고) 어떤 성질을 지닌 정령인지는 전혀 알 수 없었다. 아슈르바니팔 왕은 눈이 큰 곱슬머리 노박사, 나부 아헤 에리바를 불러 미지의 정령에 대해 연구하라고 명했다.

그날 이후로 에리바 박사는 매일 문제의 도서관(200년 후에 지하에 매몰되었다가 그로부터 2300년 후에 우연히 발굴될 운명을 지닌 곳이다)에 다니며 1만 권의 장서를 훑어보고 자신을 연마하는 데

집중했다. 메소포타미아는 이집트와 달리 파피루스를 생산하지 않았다. 사람들은 점토판에 펜으로 복잡한 쐐기문자를 새겨 넣었다. 서적은 전부 기왓장이라서 도서관은 마치 도자기 가게 창고 같았다. 노박사의 책상(책상 다리는 진짜 사자 다리였는데, 발톱까지 그대로 남아 있었다) 위에는 매일 갖가지 기와로 쌓은 산이 높아져만 갔다. 그는 중량감 넘치는 옛 지식 속에서 문자 정령에 관한 설을 찾아내려 했지만 소용없었다. 보르시파의 나부 신°이 문자를 관장한다는 것 외에는 아무 기록도 남아 있지 않았다. 문자에 정령이 깃들어 있느냐 없느냐를 스스로 해결해야만 했다. 박사는 책에 거리를 두고 문자 하나만 앞에 두고 온종일 노려봤다. 점술사는 양의 간을 뚫어지게 바라보면서 모든 일을 직관한다. 노박사도 마찬가지로 오래 바라보고 조용히 관찰하여 진실을 밝혀내려고 했다. 그러던 어느 날, 이상한 일이 벌어졌다. 문자 하나를 오래 바라보고 있었더니, 어느 순간부터 그 문자가 해체되어 아무 의미 없

○   아시리아·바빌로니아 신화에 나오는 지혜의 신.

는 선 하나하나가 교차하는 형상으로 보인 것이다. 단순한 선의 집합이 왜 그런 소리와 의미를 가질 수 있는지 도저히 이해할 수 없었다. 연륜과 지혜를 갖춘 에리바 박사는 난생처음 이 신비로운 사실을 발견하고 놀랐다. 지금까지 70년 동안 당연하게 여기고 간과해온 것들이 결코 당연하지도, 필연적이지도 않다는 것을 깨달았다. 박사는 눈앞을 가렸던 장막이 벗어지는 듯한 느낌을 받았다. 제멋대로 흩어진 선에 일정한 음과 의미를 부여하는 힘은 무엇인가? 여기까지 생각이 이르렀을 때 박사는 주저 없이 문자 정령의 존재를 인정했다. 혼으로 지배할 수 없는 손, 다리, 머리, 손톱, 배 등이 인간이 아닌 것처럼, 정령 하나가 이 모든 것을 지배하는 것이 아니고서야 어떻게 단순한 선의 집합이 음과 의미를 지닐 수 있단 말인가?

이 발견을 시작으로 지금까지 알려지지 않았던 문자 정령의 성질이 차례대로 조금씩 판명되었다. 문자 정령은 지상에 존재하는 모든 사물의 수만큼 많고, 들쥐처럼 번식을 해서 늘어난다.

에리바는 니네베 거리를 돌아다니며 최근에 문자를 배운 사람들을 붙잡고 끈기 있게 하나하나 질문을 던졌다. 문자를 알기 전과 비교하여 변한 점이 있는지 물었다. 이를 통해 문자 정령이 사람에게 미치는 작용을 밝힐 수 있었고, 희한한 통계가 완성되었다. 그 통계에 따르면 문자를 배우고 갑자기 이 잡기에 서툴러진 사람, 이상하게 눈에 먼지가 잘 끼게 된 사람, 지금까지 잘 보였던 하늘의 독수리가 보이지 않게 된 사람, 하늘빛이 예전만큼 푸르러 보이지 않게 된 사람 등이 압도적으로 많았다. '문자 정령이 인간의 눈을 파고 들어갔다. 구더기가 호두의 단단한 껍데기를 뚫고 그 속의 알맹이만 교묘하게 빼 먹는 것과 같다'고 에리바는 새로운 점토판에 비망록을 적어나갔다. 문자를 배운 후로 기침이 나온다는 사람, 재채기가 나와 고생한다는 사람, 딸꾹질이 너무 자주 나온다는 사람, 설사가 잦아진 사람 등도 상당수에 달했다. '문자 정령은 인간의 코, 목, 배까지 침범한다'고 노박사는 덧붙였다. 문자를 배운 후로 갑자기 머리숱이 적어진 사람도 있었다. 다리가 약해진 사람, 손발에 떨림이 생긴 사람, 턱이 자주 빠지게 된 사람도 있었다. 에리바는 마지막에 이렇게 쓸 수밖에 없었다. '문자는 해롭다. 인간의 두뇌를 침범하며 정신을 극도로 마비시킨다.' 문자를 배우기 전에 비해 장인은 실력이 떨어졌고 전사는 겁쟁이가 되었고 사냥꾼은 사자를 쏘지 못하는 경우가 빈번해졌다. 이는 통계로도 분명히 드러났다. 문자와 가까워지고 나서 여자를 안아도 아무런 감흥이 없다는 호소도 있었는데, 이것은 70세를 넘은 노인이 한 이야기이므로 문자 탓이 아닐지도 모른다. 에리바는 이렇게 생각했다. 이집트인들은 어떤 사물의 그림자를 그 물체에 깃든 혼의 일부라고 여겼는데, 문자는 그 그림자와 같은 것이 아닐까?

사자라는 글자는 진짜 사자의 그림자가 아닐까? 그래서 사자라는 글자를 배운 사냥꾼은 진짜 사자 대신 사자 그림자를 쫓는 것이고, 진짜 여자 대신 여자 그림자를 안는 것이 아닐까? 문자가 없었던 그 옛날, 우트나피쉬팀의 홍수 이전에는 기쁨도 지혜도 모두 사람 속으로 직접 들어왔다. 지금 우리는 문자라는 베일을 쓴 기쁨과 지혜의 그림자밖에 모른다. 요즈음 사람들은 기억력이 나빠졌다. 이 또한 문자 정령이 못된 장난질을 하는 것이다. 사람들은 이제 써놓지 않으면 무엇 하나 기억하지 못한다. 옷을 입고 나서 사람들의 피부는 약해지고 흉해졌다. 탈것이 발명되고 나서 역시 사람들의 나리는 약해지고 흉해졌다. 문자가 보급되면서 사람들의 두뇌는 더 이상 기능을 하지 못하게 되었다.

에리바는 책에 미친 어느 노인을 안다. 그 노인은 박학다식한 에리바 박사보다도 아는 것이 많았다. 노인은 수메르어와 아람어뿐만 아니라 파피루스와 양피지에 기록된 이집트 문자까지 막힘없이 읽었다. 아마 문자로 기록된 고대의 사건 중에서 그가 모르는 일은 없을 것이다. 노인은 투쿨티 니누르타 1세 몇 년 몇 월 며칠에 날씨가 어땠는지까지 알고 있다. 하지만 오늘 날씨가 맑은지 흐린지는 모른다. 노인은 소녀 샴하트가 길가메시를 위로했던 말도 외우고 있다. 하지만 아들을 잃은 이웃 사람에게 어떤 위로의 말을 건네면 좋을지는 모른다. 그는 아다드 니라리 왕의 황후 샤무라마트가 어떤 의상을 즐겨 입었는지도 알고 있다. 하지만 본인이 지금 무슨 옷을 입고 있는지는 관심도 없다. 노인은 그저 문자와 서적을 사랑했다! 읽고 외우고 애무하는 것만으로도 부족해서 사랑에 빠진 나머지, 그는 길가메시 전설의 가장 오래된 점토판을 씹어 으깨서 물에 녹여 마셔버렸다. 문자 정령은 그의 눈을 가차 없이 파고들었다. 그는 심한 근시였다. 너무 가까운 거리에서 책만 읽느라 매부리코 끝이 점토판에 닿았고, 굳은살이 생겼다. 문자 정령은 그의 척추 뼈도 좀 먹고 들어가 배꼽에 턱이 닿을 만큼 등이 굽어 있었다. 그러나 그는 자신이 꼽추라는 사실도 모를 것이다. 꼽추라는 글자라면 다섯 개 언어로 쓸 수도 있었지만. 에리바 박사는 이 노인을 문자 정령의 제일가는 희생자로 꼽았다. 다만 볼품없는 모습에도 불구하고 이 노인은 그야말로 ― 부러울 정도로 ― 늘 행복해 보였다. 그 부분이 수상하다면 수상했지만, 에리바 박사는 그 또한 문자 정령의 묘약과도 같은 간교한 마력 탓이라고 여겼다.

어느 날 아슈르바니팔 왕이 병에 걸렸다. 궁의인 아라드 나나는 병세가 가볍지 않다고 보고 왕의 옷을 빌려 입어 아시리아 왕인 척 행동했다. 사신 에레쉬키갈의 눈을 속여 왕이 앓는 병을 자신의 몸으로 옮겨오려는 것이었다. 예로부터 전해지는 의사의 치료법에 일부 젊은이들은 불신의 눈초리를 보냈다. 누가 봐도 비합리적이라고, 에레쉬키갈 사신이 저런 애들 눈속임에 속을 리가 있느냐고 했다. 에리바 박사는 이 이야기를 듣고 불쾌한 표정을 지었다. 젊은이들처럼 모든 일에 앞뒤를 맞추려 하면 부자연스러운 부분이 생기기 마련이다. 온몸이 때투성이인 남자가 있는데 오로지 한 곳, 예를 들면 발톱 끝만 쓸데없이 아름답게 장식한 듯한 부자연스러운 부분 말이다. 그들은 신비로운 구름 속에 사는 인간의 위치를 제대로 파악하지 못하는 것이다. 노박사는 천박한 합리주의를 일종의 병으로 여겼다. 그 병을 퍼뜨린 것은 의심할 여지가 없이 문자 정령이다.

어느 날 젊은 역사가(혹은 궁정 기록관) 이슈디

나부가 노박사를 찾아와 물었다.

역사란 무엇입니까?

어이없는 표정을 짓는 박사를 바라보며 젊은 역사가는 설명을 덧붙였다.

지난 바빌론 왕 샤마쉬 슘 우킨의 최후에 관한 갖가지 설이 있습니다. 스스로 불구덩이에 뛰어든 것은 분명한데, 마지막 한 달 사이에 절망에 빠진 나머지 말로 표현할 수 없을 만큼 음탕한 생활을 보냈다는 이야기가 있는가 하면, 매일 목욕재계하고 끊임없이 샤마슈 신에게 기도를 드렸다는 이야기도 있습니다. 첫째 왕비만 데리고 불에 뛰어들었다는 이야기도 있고, 수백 명의 시녀들을 불구덩이에 던져 넣고 뒤따라 들어갔다는 이야기도 있습니다. 결과적으로 문자 그대로 연기가 되어 사라졌으니 무엇이 사실인지는 전혀 알 수 없죠. 곧 왕이 그중 하나를 골라내어 기록하라고 명령할 것입니다. 이러한 사례는 아주 일부에 불과한데, 역사를 그렇게 기록해도 되는 것일까요?

현명한 노박사가 현명한 침묵을 지키는 것을 보

고 젊은 역사가는 다음과 같이 질문을 바꿨다.

역사란 옛날에 있었던 사실을 말하는 것입니까, 아니면 점토판에 새겨진 문자를 말하는 것입니까?

이 질문 속에서 사자 사냥과 사자 사냥이라는 양각 글씨를 혼동하는 것과 같은 양상을 알 수 있다. 박사는 그것을 느꼈지만 말로 표현하기 어려웠기에 다음과 같이 대답했다.

역사란 옛날에 있었던 사실이자 점토판에 기록된 것이다. 이 두 가지는 같은 것 아니냐?

누락된 것은요?

역사가가 물었다.

누락? 말이라고 하느냐, 기록되지 않은 일은 없었던 일이지. 싹이 나지 않는 씨앗은 결국 처음부터 없었던 것 아니냐? 역사란 이 점토판을 말하는 것이다.

젊은 역사가는 한심하다는 표정으로 박사의 손가락 끝이 가리키는 기왓장을 바라보았다. 그것은 이 나라 최고의 역사가 나부 샬림 순이 기록한 사르곤 왕의 하르디아 정복기 중 한 장이었다. 이야기를 하

며 박사가 뱉어내는 석류 씨앗이 그 표면에 지저분
하게 들러붙었다.

이슈디 나부, 너는 보르시파의 지혜의 신 나부가
부리는 문자 정령들이 가진 무서운 힘을 모르는 것
같구나. 문자 정령이 어떤 사안을 포착해서 자신의
모습으로 바꾸면 그 사안은 불멸의 생명을 얻게 된
다. 반대로 문자 정령의 힘이 담긴 손에 닿지 않은
것들은 무엇이든 간에 존재를 잃고 말지. 태고 이
래로『아누 엔릴의 서』에 기록되지 않은 별이 왜 존
재하지 않는지 아느냐? 그것들이『아누 엔릴의 서』
에 문자로 기록되지 않았기 때문이다. 마르두크의
별(목성)이 천계 목양자(오리온)의 경계를 넘어가
면 신들의 분노가 내리는 것도, 월식 현상이 나타나
면 아모리인이 화를 입는 것도 모두 옛 문서에 문자
로 기록되어 있기 때문이다. 고대 수메르인이 말이
라는 짐승을 몰랐던 것도 그들 사이에 말이라는 글
자가 없었기 때문이지. 문자 정령의 힘만큼 무서운
것은 없다. 너나 내가 문자를 사용해서 글을 쓴다
고 생각하면 큰 착각이다. 우리는 문자 정령에 혹사

당하는 하인이다. 하지만 정령이 가져오는 피해가 상당히 심각하지. 나는 지금 그것들을 연구하는 중인데, 자네가 역사를 기록한 문자에 의심을 품게 된 것도 말하자면 자네가 문자에 너무 익숙해진 나머지, 그 정령이 내뿜는 독기가 옮았기 때문이네.

젊은 역사가는 혼란스러운 얼굴로 돌아갔다. 노박사는 잠시 문자 정령의 독소가 저 훌륭한 청년까지 좀먹고 있다는 사실을 슬퍼했다. 문자에 너무 익숙해진 나머지 문자에 의심을 품는 것은 절대 모순이 아니다. 얼마 전 박사는 원체 잘 먹는 식성인지라 양고기 구이를 거의 한 마리 분량을 먹어치웠는데, 그 후 얼마 동안은 살아 있는 양의 얼굴을 쳐다보기도 싫었던 적이 있다.

젊은 역사가가 돌아가고 나서 잠시 에리바는 숱 없는 곱슬머리를 부여잡고 고민에 빠졌다. 오늘 그 청년에게 문자 정령의 위력을 찬미한 것은 아닐까? 무시무시한 일이다. 그는 혀를 찼다. 나 역시 문자 정령에 농락당한 것인가?

사실 상당히 예전부터 문자 정령은 노박사의 몸

에 무서운 병을 가져왔다. 그가 문자 정령의 존재를 확인하기 위해 글자 하나를 며칠이고 가만히 노려보며 지냈을 때 이후로 생긴 병이다. 지금까지 일정한 의미와 음을 갖고 있었던 글자가 갑자기 분해되고, 단순한 직선들의 집합이 되어버린 것은 위에서 설명한 대로였는데, 그 이후로 비슷한 현상이 문자 이외의 모든 사물에도 일어나게 되었다. 집 한 채를 가만히 바라보다보면, 눈과 머릿속에서 집이 목재와 돌, 벽돌, 회반죽이라는 아무 의미 없는 집합으로 변해버렸다. 이곳이 왜 사람이 사는 곳이라야 하는지 이해할 수 없었다. 사람의 몸을 봐도 마찬가지였다. 모든 것이 의미 없는 기괴한 형상을 한 여러 조각으로 분해되었다. 왜 이런 형상들이 사람이 되어 돌아다니는지 전혀 이해할 수 없었다. 눈에 보이는 것만 그런 것이 아니었다. 일상적 행위나 모든 습관들도 마찬가지로 기묘한 분해병에 걸려 기존의 의미를 모조리 잃어버렸다. 이제는 인간 생활의 모든 근원이 의심스러웠다. 에리바 박사는 미쳐버릴 것만 같았다. 문자 정령 연구를 지속했다가는 결국 그 정령 때문에 목숨을 잃을 것만 같았다. 그는 무서워져서 서둘러 연구 보고서를 정리하여 아슈르바니팔 왕에게 바쳤다. 물론 보고서 내용에 정치적 의견을 약간 더했다. 무사의 나라 아시리아는 현재 보이지 않는 문자 정령에 모든 것이 잠식당했다, 심지어 이 사실을 눈치챈 사람은 거의 없다, 이제라도 문자에 대한 맹목적 숭배를 고치지 않는다면 나중에 큰 후회로 이어질 것이다, 등등.

이러한 중상모략을 입에 담는 자를 문자 정령이 가만히 내버려둘 리가 없다. 에리바의 보고는 왕의 심기를 크게 불편하게 만들었다. 나부 신의 열렬한 숭배자이자 당시 일류 문화인이었던 왕의 입장에서 보자면 당연한 이야기였다. 노박사는 즉시 근신 명령을 받았다. 왕이 어릴 적부터 스승으로 모셨던 에리바였기에 망정이지, 다른 자였다면 아마도 산 채로 살가죽을 벗기는 형에 처했을 것이다. 생각지도 못한 왕의 분노에 놀란 노박사는 이것이 간교한 문자 정령의 복수라는 것을 바로 깨달았다.

하지만 아직 끝난 것이 아니었다. 그로부터 며칠

후 니네베 알베라 지역에 대지진이 덮쳤고 노박사
는 마침 자택 서재에 있었다. 워낙 오래된 집이라 지
진으로 인해 벽이 무너지고 서가가 쓰러졌다. 엄청
난 양의 서적, 수백 장의 무거운 점토판이 문자들이
내는 무시무시한 저주 소리와 함께 모략자 위로 무
너져 내렸고, 그는 무참히 압사당하고 말았다.

암울한 시대를 바라보는 낯선 시선

— 나카지마 아쓰시에 대하여

안민희 / 옮긴이

나카지마 아쓰시는 주로 한문적 교양을 바탕으로 『사기史記』 등 중국의 고전 세계를 재료 삼아 인간과 세계를 탐구하는 소설을 쓰는 작가로 알려져 있다. 하지만 좀 더 깊이 들어가면 마치 발이 닿을 줄 알고 들어간 물이 생각보다 깊어 놀라는 기분을 느끼게 된다.

그의 작품 스펙트럼은 일본 문학사에서도 손꼽을 만해서, 중국 고전에서 착안한 작품(「산월기山月記」 「이릉李陵」)은 물론 아시리아, 스키타이 설화 등 이국적인 소재에 착안한 작품(「문자 사변文字禍」 「여우에 홀리다狐憑」)이 있다. 당시에는 흔치 않았던 일본 바깥에서의 경험과 느낌을 담은 소설(「빛과 바람과 꿈光と風と夢」 「호랑이 사냥虎狩」)과 시(「와카가 아닌 노래和歌でない歌」)를 썼고, 헉슬리와 카프카의 작품을 번역하기도 했다.

나카지마 아쓰시의 아버지는 한문 교사였다.

1920년 9월, 아버지가 조선총독부 용산중학교에 발령을 받아 나카지마도 함께 조선으로 넘어갔다. 나카지마는 당시 경성의 용산소학교(서울 남정초등학교의 전신, 1905년 일본인 학교로 개교), 경성중학교(서울고등학교의 전신, 1909년 일본인 학교로 개교)를 졸업했다. 그 시절의 경험으로 일제강점기의 조선을 소재로 한 「호랑이 사냥」「순사가 있는 풍경巡査の居る風景」「수영장 옆에서プウルの傍で」 등의 소설이 탄생했다.

「호랑이 사냥」 등 나카지마 아쓰시가 조선에서 경험한 것을 배경 삼아 쓴 소설은 여러 생각을 들게 한다. 문득 독자가 한국인이 아니라면 이 소설에 어떤 느낌을 품을까. 그저 일제강점기의 조선은 배경에 지나지 않는 '한 인간의 이야기'로 다가오지 않을까. 누군가에게는 굉장히 흥미롭고, 누군가에게는 몹시 재미없을 이야기일 것이다. 한국 독자에게는 일제강점기 조선의 모습을 배경으로 삼은 이 소설에서 사료적 측면 — 당시 호랑이 사냥을 갔다거나, 그 시절에도 황사가 있었다거나, 그때에도 국수에 고춧가루를 뿌려 먹었다거나 등등 ─ 이 흥미롭게 여겨질 것이다. 그런 소설을 일본인 작가가 썼다는 사실도 인상적일 것이다. 그의 작품을 소개하는 입장에서는 그 강렬한 인상 때문에 소설 자체의 매력이 가려지는 것 같아서 아쉽기도 하다.

나카지마 아쓰시 단편집에 실을 세 편의 소설을 선택하며 일견 걱정도 많았다. 우리 입장에서 많은 생각이 오갈 법한 이야기이기 때문이리라. 특히 「호랑이 사냥」과 「순사가 있는 풍경」, 이 두 소설은 한국에서는 일본 제국주의에 대한 비판의 시선이 담겼다는 이유로 주목받고, 또 같은 이유로 일본에서는 외면당하고 있다(그의 다른 작품에 비해서). 물론 나카지마 아쓰시는 소설에 일본 제국주의를 향한 비판을 담았다. 그와 동시에 조선을 바라보는 냉정한 시선도 잃지 않았다. 어느 한쪽을 정당화하지도, 어느 한쪽을 동정하지도 않아서 한일 독자 모두를 불편하게 만드는 소설이다. 아니, 불편해야 하는 소설이다. 가치 판단은 각자의 몫이지만, 결과적으로 '불편한' 소설은 어느 시대든 나름의 역할을 한다고 생각한다.

「호랑이 사냥」의 화자인 일본인 소년의 모습에는 당연히 작가의 소년 시절이 투영되어 있다. 그렇다면 그도 '흔치 않은 귀중한 경험을 위해서라면 부모님의 잔소리 정도는 개의치 않는 태생적인 쾌락주의자'였을지도 모른다. 태생적인 쾌락주의자가 고등학교 2학년 때, 당시에는 금기에 가까운 소재(강우규 의사의 조선 총독 암살 미수 사건, 관동대지진 이후 조선인 학살 사건)로 미숙하게나마 소설을 써서 교우 문집에 투고하고, 훗날에는 작품성까지 갖춘 「호랑이 사냥」을 썼다고 생각하면, 암울한 시대에 다른 이들의 몇 배 이상으로 치열한 고민을 하지 않았을까 추측해본다. 그 고민들이 쌓여 낯선 시선으로 낯설지 않은 이야기를 쓰는 작가가 되었을 것이다.

나카지마 아쓰시는 조선을 떠나 일본으로 돌아간 이후에도 남다른 경험을 쌓아갔다. 중국과 오가사와라小笠原 제도 여행을 거쳐, 1941년에는 남양군도南洋, 제1차 세계대전이 끝나고 태평양전쟁 때까지 일본의 지배에 있던 미크로네시아의 섬에서 근무하며 일본 바깥의 생활과

제국주의의 모습을 목격한다. 그 경험 역시 담담한 시선이 담긴 작품으로 탄생했다. 그러나 나카지마는 오랫동안 그를 괴롭힌 천식으로 인해 일본으로 돌아오게 되고, 1942년 12월에 34세의 나이로 운명을 달리한다. 왜 천재는 항상 요절하는지 알 수 없는 노릇이다. 나카지마에게는 잔인한 이야기겠지만, 일본 바깥에서 겪은 여러 경험이 그를 더 깊고 넓게 고민하게 만들었을 것이다. 그 덕분에 탄생했을, 그러나 그의 요절로 말미암아 세상에 존재하지 않는 미완의 작품이 아쉽기만 하다.

작가 연보

———

나카지마 아쓰시

1909년(1세) 5월, 도쿄 시에서 교사 부부인 아버지 다비토와 어머니 치요 사이의 장남으로 출생.

1910년(2세) 2월, 부모님의 이혼으로 잠시 어머니와 지냈다.

1911년(3세) 8월, 아버지의 고향 사이타마埼玉 현에 있는 할머니 손에 맡겨진다.

1916년(8세) 4월, 아버지가 있던 나라 현으로 건너와 고오리야마郡山 남자 진조尋常소학교에 입학.

1918년(10세) 5월, 아버지의 전근으로 인해 시즈오카静岡현립 하마마쓰浜松 진조소학교로 전학.

1920년(12세) 9월, 아버지가 조선총독부 용산중학교에 전근하면서 그를 따라 경성시 용산공립 진조소학교 5학년으로 전학.

1922년(14세) 3월에 용산공립 진조소학교를 졸업하고 4월에 조선 경성부京城府 공립 경성중학교에 입학.

1926년(18세) 4월, 경성중학교 4학년을 마치고 제일고등학교

문과에 입학.

1929년(21세) 학교 문예부 위원으로 활동. 6월에 「고사리, 대나무, 노인蕨·竹·老人」 「순사가 있는 풍경-1923년의 스케치 하나」를 교내 잡지에 발표.

1930년(22세) 3월에 제일고등학교를 졸업하고 4월에 도쿄제 국대학 문학부 국문과에 입학.

1933년(25세) 3월, 도쿄제국대학 문학부 국문과를 졸업하고 4월에 동 대학원에 입학. 요코하마 고등여학교 교사가 되어 부임한다.

1934년(26세) 3월에 대학원을 중퇴, 9월에 생명이 위독할 정 도의 천식 발작을 일으켰다. 2월경에 「호랑이 사냥」을 탈고하 여 《중앙공론中央公論》에 응모하여 7월에 선외 가작에 당선.

1941년(33세) 6월, 친구의 소개로 팔라우 남양청南洋庁에서 근 무하며 식민지용 국어교과서 제작을 위한 조사 업무를 맡게 된다. 12월부터 천식 발작이 시작되어 남양에 있는 동안 투병 이 이어졌다. 이해에 그의 대표작이라 할 수 있는 「빛과 바람 과 꿈(원제 「투시탈라의 죽음」)」 「산월기」와 「문자 사변」 등을 썼다.

1942년(34세) 3월, 태평양전쟁이 격화되면서 도쿄로 돌아오지만 급격한 기후 변화로 인해 천식과 기관지 카타르가 발병하여 치료를 받는다. 5월, 「산월기」「문자 사변」「빛과 바람과 꿈」 등이 《문학계文学界》에 발표된다. 7월, 그의 첫 소설집 『빛과 바람과 꿈』이 출판되고 아쿠타가와芥川상 후보에 오른다 (수상은 불발). 이후 남양청에 사표를 제출하고 작품 활동에 전념하지만 10월경부터 천식 발작이 심해져 병원에 입원한다. 12월 4일 오전 6시 영면.

1948년(사후) 지쿠마쇼보筑摩書房에서 『나카지마 아쓰시 전집』(3권)이 간행되어 마이니치출판문화상을 수상.

— 출처: 『KAWADE 길의 수첩 – 나카지마 아쓰시: 탄생 100년, 영원히 경계를 뛰어넘는 문학KAWADE 道の手帖-中島敦: 生誕100年、永遠に越境する文学』(2009)

호랑이 사냥

1판 1쇄 발행 2019년 3월 13일
1판 2쇄 발행 2022년 1월 13일

지은이 나카지마 아쓰시
옮긴이 안민희
펴낸이 윤동희
펴낸곳 북노마드

편집 김민채
디자인 석윤이
제작 교보피앤비

출판등록 2011년 12월 28일
등록번호 제406-2011-000152호
문의 booknomad@naver.com

ISBN 979-11-86561-58-4 04830
       979-11-86561-56-0 (세트)

www.booknomad.co.kr

북노마드